Fritz Meisnitzer

Der Geisterwolf

Ein Tierschicksal
aus den Weiten Sibiriens

Rheinburg Bücherei

Einbandbild: roebild / Mueller
Illustrationen: Herbert Thiele
Lektorat: Urban · Offenbach

Genehmigte Lizenzausgabe
VERLAG DER RHEINBURG BÜCHEREI
Alfred Wengenroth, Eltville am Rhein
Gesamtherstellung: Mladinska knjiga, Ljubljana

Ein Tierschicksal aus den Weiten Sibiriens

Diese Geschichte ereignete sich vor langer Zeit. An den Lagerfeuern der Tungusen wird sie heute noch erzählt — von alten Hirten und Jägern, die sie von ihren Vätern überliefert erhielten.

1. Kapitel

Hinter einen Busch geduckt verhielt der Herr des Woltsche-Priwidenije-Tales seinen Trott und in seinen Lichtern leuchtete es auf. Unverwandt blickte er zu den Rehen hinüber.

Die Sträucher rings um ihn waren Ausläufer vom Unterholz, dicht verfilzt wie der Wald in seinem Rücken, und boten sichtsichere Deckung. Vor ihm lag eine langgestreckte Blöße, von kniehohem, blühendem Gras bestanden. Sie war nicht breit, wohl an die dreißig kräftige Wolfsfluchten bis zu ihrer Mitte, wo sich einige Dorngestrüppe erhalten hatten, die, kaum mannshoch, in der sinkenden Sonne lange Schatten warfen. Unter ihnen zog äsend die Rehgeiß mit ihren beiden Kitzen dahin, hob alle Augenblicke den Kopf, sicherte, aber der Wind stand von ihr zu dem Buschwerk am Waldrand, und ihre empfindsame Nase erkundete nichts.

Der Herr des Tales setzte sich langsam auf die Keulen. Drüben die Kitze umkreisten verspielt ihre Mutter; und beinahe ernst sah es aus, wenn sie sich mit Eifer verfolgten, oder, die Stirnen gesenkt, aufeinander los rannten. Und so hart prallten sie zusammen, daß eines, manchmal aber auch alle beide, aus dem Gleichgewicht gebracht, in das Gras purzelten.

Geraume Zeit verstrich, während der Wolf neben dem Strauch verharrte. Als aber die sinkende Sonne die umliegenden Bergketten blutig färbte, als sie ihre letzten Strahlen aus dem Tal zurückzog, sprang er auf. Er streckte sich wie ein großer Hund und trabte mit langen, leichten Schritten auf die Lichtung hinaus. Im selben Augenblick erspähte ihn die Ricke; ein entsetztes, kurzes „Böö“, und sie federte davon, gefolgt von den Kitzen, die in ihrer Angst stolperten und in den Vorderläufen einknickten.

Doch schon nach wenigen Fluchten verhoffte die Alte: sie hatte den Wolf erkannt. Abwartend äugte sie zu ihm hinüber, und die Kleinen drängten sich zitternd dicht an ihrer Seite. Wie die Alte nicht anders erwartet hatte: der Herr des Tales trabte offensichtlich uninteressiert über die Blöße, hielt sich genau an seine einmal eingeschlagene Richtung und machte in nichts den Versuch, ihr nahezukommen. Seinem Verhalten nach konnte man auch meinen, er habe sie gar nicht bemerkt, aber das wußte die Rehgeiß besser. Seine Witterung, die kannte sie, und in den Jahren war sie ihm so manches Mal begegnet. Genau wie sie war er hier zu Hause, nie drohte er anzugreifen; da hatten die Tiere sich denn aneinander gewöhnt. Wohl war es besser, ihm aus dem Weg zu gehen, so, wie es sich Herrschern gegenüber gehört; doch damit waren Pflicht und Schuldigkeit getan, und der Wolf hielt Burgfrieden.

Die Geiß sah ihm nach, bis er hinter dem Dorndickicht verschwand; dann aber äste sie beruhigt weiter.

Und der Wolf zog seines Weges, hinaus zu seinen Jagdrevieren, die weitab vom Woltsche-Priwidenije-Tal lagen. Er war ein außergewöhnlich großes, grauschwarzes Tier mit schlanken, harten Läufen, massigem Brustkasten und buschiger, langer Rute. Den kantigen Schädel hielt er vorgestreckt, und seine Nase prüfte unausgesetzt all die Geruchsbotschaften, die die Luft ihm zutrug. Das Auffälligste an dem Tier aber war die Mähne, die sich lang und dicht um Schultern und Hals legte: sie schimmerte in einem ins Silberne spielenden Weiß.

2. Kapitel

Wohl 23 Werst südöstlich vom Woltsche-Priwidenije-Tal entfernt richteten am selben Abend zwei Männer ein Lager für die Nacht. Der eine, ein tungusischer Eingeborener, baute aus Steinen einen Feuerplatz, während der andere sich bemühte, ein paar hühnerähnlichen Vögeln die Federn auszurupfen. Er trug einen ledernen Jagdanzug und war trotz der Sonnenbräune am Gesichtsschnitt sofort als Europäer zu erkennen. Neben ihm lag ein kleiner Rucksack, an dem zwei Gewehre lehnten.

Der Lagerplatz schmiegte sich in eine Mulde dicht unterhalb des Kammes einer Hügelkette, die halbkreisförmig einen See einschloß. Rings um ihn standen gedrängt düstere Tannen, deren Stämme aus engverfilztem Unterholz aufragten. In der Nähe war das Glucksen einer kleinen Quelle zu hören, wenn nicht der Wind, der rauschend durch die Wipfel der Tannen fuhr, ihr leises Gurgeln übertönte.

„Gut, Pjotr?“ fragte der Eingeborene, als das kleine Feuer aufflammte. „Ja, sehr gut!“ erwiderte der Angesprochene und reichte ihm die fertig zugerichteten Vögel, die der Tunguse sorgsam auf kleine Stöcke spießte und sodann über das Feuer hängte. Einer ausgedehnteren Unterhaltung bedurfte es zwischen den beiden anscheinend nicht. Pjotr setzte sich müde zurück, holte eine Pfeife aus seinem Rucksack, füllte sie und rauchte. Der Tunguse schaute ins Feuer, bewegte sich nur, um hin und wieder die Hühner zu wenden, verhielt sich aber sonst vollkommen still. Langsam senkte sich die Dunkelheit, die Tannen wurden düsterer, das Unterholz war nur noch eine schwarze Masse. In dem tiefdunklen Blau des Himmels begannen noch zurückhaltend die ersten Sterne aufzuleuchten, allmählich wurde ihr Licht stärker, und schüchterne, kleinere folgten ihnen.

Der Wind hatte sich gelegt, so daß das Knacken und Knistern des Feuers und das Murmeln der Quelle die einzigen Geräusche blieben.

Nach geraumer Zeit erst, seine Pfeife war längst ausgebrannt, brach Pjotr mit einer Frage das Schweigen: „Ramupulga, wohin gehen wir morgen?"

Der Tunguse überlegte einen Augenblick, zuckte dann die Achseln. „Wir werden sehen", sagte er unentschlossen.

Die Hühner waren gar geworden, und die Männer aßen langsam und sammelten die Knochen sorgfältig auf einen Haufen. Dann saßen sie nebeneinander vor dem Feuer und sahen zu, wie es immer mehr herunterbrannte und sachte zu verlöschen begann. Nur in der Mitte hielt sich noch ein Häufchen heller Glut, über die hin und wieder ein paar gelbblaue Flammen tanzten. Da begann Ramupulga zu sprechen, leise und gleichsam mit sich selbst. Er sah auch Pjotr dabei nicht an, sondern starrte weiter vor sich in die Glut.

„Es ist wohl schon ziemlich lange her; vier Winter mögen dazwischen liegen oder auch fünf. Ich war ein junger Jäger, hatte noch keine Frau und lebte mit meinem Vater und meinen Brüdern. Wir zogen umher, bewachten die Renherde des Alten Ehrwürdigen, jagten Pelztiere in der kalten Zeit und sorgten für Fleisch, damit die Familie nicht hungerte.

In jenem Sommer nun begleitete uns ein Russe. Er war

eines Tages zu uns gekommen, und wir nahmen ihn freundlich auf. Eine meiner Schwestern war furchtbar krank, und manchmal war es, als ob ein Dutzend Geister sie schüttelte. Außerdem sprach sie dann irr, und wir mußten denken, daß böse Dämonen durch ihren Mund redeten. Da kam der Russe, und der gab ihr starke Medizin, ganz kleine, weiße Kugeln, und die Bösen verließen meine Schwester, so daß sie wieder gehen und reden konnte wie wir anderen auch. Später blieb der Russe bei uns. Er hieß Konstantin Petrowitsch und war ein freundlicher Mann, mit einem kleinen, weißen Bart und einer dunklen, guten Stimme. Außerdem hatte er genau so blaue Augen wie du, Pjotr. Aber er war auch ein seltsamer Mann; er malte Bilder von der Gegend, durch die wir kamen, doch kein Mensch konnte das erkennen, was er malte. Sah ich ihm zu, dann sagte er immer zu mir: ‚Ramupulga, wenn du jetzt ein Vogel wärst und da ganz hoch droben fliegen würdest, da würden dieser Berg und dieses Tal und jener See dort für dich so aussehen, wie ich es hier male.‘ Und ich konnte nie verstehen, warum er es so machte, denn kein Mensch kommt ja so hoch hinauf wie ein Vogel. Konstantin Petrowitsch aber sagte, der große Zar im fernen Petersburg habe ihn geschickt, um die Bilder zu malen.“

Hier unterbrach der Tunguse seine Erzählung und sah zu Pjotr hinüber; ein Lächeln spielte um seine Lippen, das Bestätigung seiner letzten Worte heischte. Pjotr lächelte ebenfalls. Er suchte in seinem Rucksack und holte aus einer der Taschen ein altes Kartenblatt, welches er sorgfältig ausbreitete. „Sahen die Bilder nicht so aus?“ fragte er.

Ramupulga beugte sich vor, um bei dem ersterbenden Schein des Feuers überhaupt noch etwas unterscheiden zu können. Dann nickte er eifrig, sah aber gleichzeitig seinen

Gefährten voll Mißtrauen an. Der lachte: „Wir nennen das eine Landkarte. Wenn du dir vorstellst, wirklich wie ein Vogel zu fliegen, dann kannst du darauf den Weg verfolgen, den du tatsächlich gehst. Ich war noch nie hier, aber ich kann dir sagen, daß wir, wenn wir zwei Tage in dieser Richtung gehen", — und er zeigte dabei nach Norden —, „auf ein hohes Gebirge stoßen werden, dessen Gipfel ewiger Schnee bedeckt. Das stimmt doch?"

Während er sprach, war Pjotr voll Eifer dem Feuer nahegekommen, um den betreffenden Bergrücken besser zeigen zu können. Der Feuerschein ließ ihm eine zuvor nie gelesene Druckzeile ins Auge fallen. „Entworfen von Konstantin Petrowitsch Gerschin", murmelte er. Im selben Augenblick fuhr der Asiate hoch: „Das ist er!"

„Das ist wer?"

„Der Russe! Der mit uns zog!"

„Nun ja, warum nicht, wenn er Landkarten malte, warum soll ich keine haben?"

„Aber er ist doch tot!"

Pjotr antwortete nicht gleich. Allerlei Gedanken schossen ihm durch den Kopf, aber er verwies es sich, Fragen zu stellen. Statt dessen sagte er nur ruhig: „Erzähl weiter!"

Als Ramupulga nun in seiner Geschichte fortfuhr, kamen seine ersten Sätze stockend und aus sichtlicher Erregung geboren. Aber bald schon beherrschte er sich und verfiel wieder in den leisen Ton, in dem er zuvor gesprochen hatte.

„Ja, und damals hatten wir gerade ein paar Renkälber in unserer Herde. Sie waren noch recht jung und langsam, und eines davon war fast weiß. Das werden besonders schöne Tiere, weshalb auch das weiße Kalb der Augapfel des Alten Ehrwürdigen war. Doch wie es die bösen Geister wollten — gerade dieses Kalb mußte die Wölfin erwischen.

Natürlich hatten wir wie immer eine Wache bei den Tieren, es nützte jedoch nichts. Kein unrechter Laut war zu hören. Gewiß, die Tiere wurden unruhig, sie drängten sich dicht zusammen, und der Leitbulle lief erregt im Kreis um seine Herde. Aber nichts schien zu geschehen. Am anderen Morgen fehlte dann das weiße Kalb.

Das hat den Alten Ehrwürdigen sehr böse gemacht, und wir suchten alle nach Spuren, um seinem Zorn zu entgehen. Leise, ganz leise hegten wir noch die Hoffnung, das Kalb möge sich nur verirrt haben, aber wir glaubten nicht so recht daran. Und dann fanden wir auch schnell die Spuren. Sie führten in das Unterholz der Berglehne, und ein Wolf hatte sie hinterlassen. Mein Bruder Embo behauptete, es sei eine Wölfin, und sie habe Junge. Embo ist der beste Jäger unter uns, und für gewöhnlich hat er recht. So rüsteten wir uns denn entsprechend aus; wir nahmen die schweren Wolfskeulen, und Embo holte sein Gewehr. Dann folgten wir der Spur.

Am Fuße einer Felswand war eine Tanne gestürzt, ihre Wurzeln mit sich reißend. Dadurch war eine Höhlung entstanden, einerseits durch das aufragende Wurzelwerk des Baumes, andererseits durch die Felswand geschützt. Genau dorthin zeigte die Spur. Als wir uns näherten, schnellte plötzlich die Wölfin auf meinen Bruder los. Kein Mensch hatte sie vorher gesehen, aus dem Nichts sprang sie plötzlich und hatte meinen Bruder auch beinahe schon gepackt. Da schoß er, ohne das Gewehr in Anschlag zu bringen, und er hatte Glück: der Schuß warf die Wölfin herum, und ehe sie sich aufraffen konnte, traf eine Keule ihren Schädel.

Du weißt ja, Pjotr, der Wolf ist unser Feind. Und außerdem lagen hier die Reste von dem weißen Kalb. Da gab es auch keine Gnade für die Jungen. Oh, sie waren schon groß, so dreieinhalb Monate alt, und sie hatten Angst und wollten ausreißen.

Nur einer aus dem Wurf, der wollte nicht laufen. Das war ein kleiner, widerborstiger Kerl, der sich in den hintersten Winkel der Höhle drückte. Von dort funkelte er uns voll Wut an, knurrte und fauchte, und sein Kamm sträubte sich. Einen Augenblick standen wir alle zögernd vor Staunen, denn das hatten wir noch nie gesehen: die flaumige, noch kaum wahrnehmbare Mähne des Wolfes war von so lichtem Grau, daß sie in reines Weiß hinüberspielte. Und dieser Augenblick rettete dem Wolf das Leben. Denn plötzlich war Konstantin Petrowitsch unter uns. Er hob abwehrend die Hände: ‚Der Kleine da', sagte er leise, ‚der Kleine gehört mir.' Darauf drehte er sich um, und ohne sich um uns zu kümmern, kletterte er in die Höhlung. Er hatte nichts bei sich, keinen Stock, keinen Riemen, aber er schien sich auch nicht im mindesten zu fürchten. Fortwährend vor sich hinbrabbelnd, ging er auf den Wolf los. Und der Wolf hörte auf zu knurren, er duckte sich tiefer in die Höhle. Da hatte ihn der Russe einfach gepackt und unter den Arm geklemmt wie einen jungen Hund, und so kam er zurück. ‚Daß mir keiner von euch dem Kleinen etwas zuleide tut!' brummte er und sah ganz böse aus. Dann ging er geradenwegs zum Lagerplatz hinunter.

Er hat ihn Bjelui* genannt. Der Alte Ehrwürdige war sehr böse über den Wolf im Lager, doch es nützte ihm nichts. Konstantin Petrowitsch konnte fürchterlich fluchen, wenn man ihn wütend machte, und er fluchte mehr als einmal in diesen Tagen; aber dann gaben wir es auf. Der Wolf hielt sich immer in der Nähe des Russen, vom ersten Augenblick an, und er gehorchte ihm auf den leisesten Wink. Unsere Hunde

---

* russisch = weiß, der Weiße

haßten Bjelui nicht minder, aber Konstantin Petrowitsch hatte so eine besondere Art: er brauchte bloß die Hände zu heben, sofort machte selbst der Leithund halt, kniff die Rute ein, duckte den Kopf und verschwand hinter der nächsten Jurte.

So legten wir viele Werst zurück, immer mit dem Russen und seinem Wolf. Bjelui trank die Milch unserer Renkühe und lebte von dem Fleisch, das wir erjagten. Die warmen Monate vergingen, und die Blätter der Bäume wurden gelb; langsam zogen wir zu dem Tal, in dem wir wie stets überwintern wollten: dem Tal der Stille. Aber das war der letzte Winter, da es so hieß. Viele hier wissen gar nicht mehr den alten Namen, jeder aber kennt den neuen und fürchtet sich: das Woltsche-Priwidenije-Tal — das Tal des Geisterwolfes.

Je größer Bjelui wurde, je fester er sich seinem Herrn anschloß, desto heftiger schien auch seine Abneigung gegen uns zu werden. Waren wir um den Russen, so bewachten uns Bjeluis Augen unablässig. Eine unwillkürliche Bewegung konnte ihn zu plötzlichem, heftigem Angriff treiben. So geschah es mir, daß sich blitzschnell Bjeluis Kiefer um meinen Arm schlossen, als ich Konstantin Petrowitsch, der strauchelte, stützen wollte. Meine Bewegung war hastig, und so kam es denn. Der Wolf mißtraute ja uns allen, und meine Hilfe für seinen Herrn muß ihm wohl eher als das Gegenteil erschienen sein. Jedenfalls sagte der Russe so etwas, um Bjeluis Verhalten zu erklären.

Ganz schlimm jedoch wurde sein Verhalten gegen uns, als Konstantin Petrowitsch eines Tages von rasenden Fieberschauern gepackt und an sein Lager gefesselt wurde. Hilflos war der große Mann wie ein Kind, und so lag er da, ganz darauf angewiesen, was wir für ihn tun konnten. Doch vor seinem Lager kauerte der Wolf. Eine der Frauen ließ er zumeist noch nahekommen, mich, meine Brüder, ja sogar den Alten Ehrwürdigen niemals. Und als der Russe immer hinfälliger wurde, stöhnte und wimmerte, da mußten sich auch die Frauen vor Bjelui fürchten, und nur noch meine Schwester — du weißt, die Konstantin Petrowitsch geheilt hatte und die sich auch später immer seiner besonderen Zuneigung erfreuen durfte — konnte den Wolf einfach zur Seite schieben, wenn er ihr im Wege war.

Dann kam die Stunde, wo Bjelui ohne augenfälligen Grund aufheulte und aus der Jurte floh. Die Rute hatte er eingeklemmt, die Ohren lagen flach am Kopf, und er rannte gleich einem Hund, der fürchterliche Prügel bekommen hatte. Er verschwand im Gestrüpp, nur sein klagendes Geheul, das bald von hier und bald von dort klang, zeigte uns: der Wolf umkreiste rastlos unser Lager. Zur gleichen Zeit schien der Russe friedvoll zu schlafen, es dauerte jedoch nicht lange, bis ein Zucken durch seinen Körper lief; und dann war Konstantin Petrowitsch tot.

Wir schlugen ihn in seine Decke und setzten uns im Kreis, um bei dem Toten zu wachen: wie einen der Unseren, der von uns gegangen war, wollten wir ihn behandeln. Wir kannten nicht die Gebräuche seines Volkes, aber wir hatten ihn sehr verehrt und geliebt, so sollten auch dem Toten alle Ehren unseres Stammes zuteil werden.

In einer kleinen Talgpfanne aus Ton flackerte das rußende Licht. Mit einem Mal wurde uns die unheimliche Stille bewußt, die dem Tode folgt. Es dämmerte, aber kein Vogel verabschiedete den Tag. Wir sahen uns an, und ohne Worte wußte jeder des anderen Gedanken: Lange schon habe ich Bjeluis Geheul nicht mehr gehört! Wie lange eigentlich? fragte ich mich und dachte nach. Und ich bin beinahe sicher — in dem Augenblick, als der Russe starb, heulte der Wolf zum letzten Mal, lang, unter wehzerrissener Klage. Unheimlich wurde es uns: wo war der Wolf?

Wie das dann später gekommen ist, weiß wohl keiner. Die Nacht war schon ein gutes Stück voran. Der Alte Ehrwürdige, welcher seinen Platz zu Füßen des Toten hatte, hielt den Kopf gesenkt, und seine Gedanken folgten dem Abgeschiedenen zur Pforte des dunklen Reiches. Mit einemmal hob er den Blick und ließ ihn langsam über uns alle gleiten, kalt, abwesend und unnahbar, sein Herz noch in Zwiesprache mit dem Toten. Plötzlich aber wurden seine Augen starr, er stierte in die Jurte, gerade an mir vorbei, und aus seinem offenen Mund kam ein röchelnder Laut. Entsetzliche Angst riß mich hoch von meinem Platz, den Geist des Russen glaubte ich in meinem Rücken.

Doch da war etwas ganz anderes, und vom Augenblick an war es uns nicht minder entsetzlich: da lag Bjelui, der Wolf mit der weißen Mähne, eng an die Wandung der Jurte geschmiegt, sprungbereit zusammengekauert; seine grünen Lichter umschlossen uns in ihrem haßerfüllten Leuchten, und ein heiseres Grollen drang aus seiner Kehle, als unsere Augen sich trafen.

Was soll ich dir sagen? Alle waren wir Jäger; auch der Alte Ehrwürdige war seiner Tage ein guter Schütze gewesen, der kein wildes Tier unserer Wälder fürchtete. Doch hier wagte niemand eine Bewegung, donnergleich war es unter uns gefahren. Ein Wolf ist kein Schleicher, ein Wolf ist laut; seine Krallen scharren die Erde, sein Schritt klingt schwer. Dennoch — keiner hatte ihn gehört. Angst riß uns hoch; alle zugleich rannten wir, vom Entsetzen getrieben, stumm, wie gehetzte Hirschkühe, hinter uns das heisere Grollen das hassenden Wolfes.

Als wir später wieder in die Jurte des Alten Ehrwürdigen

schlichen, einer nach dem anderen, da schämten wir uns sehr. Denn für sich allein traute keiner der Erscheinung, die uns alle gemeinsam zur Flucht getrieben hatte. Aber der Alte Ehrwürdige sprach's aus: ‚Meine Söhne', sagte er, ‚nicht vor einem gewöhnlichen Wolf sind wir gerannt, wie die Hasen vor ihrem Feinde rennen. Die dunklen Mächte gaben ihm besondere Kräfte; ihnen gehört er an!" –

Das undurchdringliche Dunkel der Taiga lag um die beiden Männer. Rings standen die Ränder der Lichtung gleich schwarzen Wänden, nur zwischen den zwei Jägern glühte dunkelrot und fast verloschen, was zuvor das Lagerfeuer gewesen war. Weder Licht noch Wärme gab es mehr. Aus dem Dunkel kam jetzt Pjotrs Stimme: „Was soll das; willst du mir mit deiner Geschichte das Dasein von Geistern einreden? Ein Geisterwolf, wie? Und du selbst warst dabei, wie ihr das Wolfsgeheck gefunden habt!"

„Du mußt zu Ende hören, Pjotr, da ist noch mehr zu erzählen. Außerdem kannst du leicht sehen, daß ich dir nur sage, was wahr ist: denn was jetzt kommt, kannst du nachprüfen.

Am nächsten Morgen – schon früh, wir wollten's hinter uns bringen – schaufelten wir das Grab für Konstantin Petrowitsch. Nicht weit vom Lager war es, am Rande eines kleinen Hügels und unter dem Schatten eines mächtigen Bergahorns. Wir hoben es aus, tief und gut, und vom nahen Berg holten wir Steinplatten, es damit zu beschweren.

In der Jurte, vor seinem toten Herrn, lag Bjelui. Erst wollte keiner von uns sich nahe wagen, aber da der Wolf ruhig liegenblieb, sprach der Alte Ehrwürdige zu ihm. Überlieferte Formeln gebrauchte er, den Geist zu besänftigen, und siehe, er zog sich in den hintersten Winkel der Jurte zurück. Da nahmen wir die Decke mit dem Russen und trugen ihn zu seinem Grab. Und hinter uns folgte Bjelui.

Er sah ruhig zu, als wir Erde in die Grube warfen und die Platten zurechtlegten. Dann war er plötzlich verschwunden. Meine Schwester, die auch sich nicht vor dem Wolf fürchtete, stellte ihm noch sein Futter an den gewohnten Platz, und obwohl keiner der Hunde es zu berühren wagte, kam auch Bjelui nicht. In der Nacht aber klang sein Geheul so schaurig vom Grab des Russen, daß unsere Renherde auseinanderstob und wir uns in den Jurten fürchteten.

Mit dem Tod des Russen muß ein großer Wandel in dem Wolf vor sich gegangen sein. Vielleicht wurden erst dadurch die Kräfte frei, die in ihm schlummerten — wir wissen es nicht. Vor ihm, der zuvor nie gestohlen, niemals selbst ein Tier gerissen hatte, war nichts mehr sicher. Er riß die Kälber unserer Herde, und alles, was wir je noch von ihm sahen, war ein heller, flinker Schatten. Natürlich versuchten wir, ihn zu schießen, wir lauerten auf ihn, wenn er des Nachts am Grabe des Russen heulte. Er kam jede Nacht, aber erwischt haben wir ihn nie. Pfiffen die Kugeln um ihn her — keine streifte ihn. Fallen zerstörte er oder ließ sie zuschnappen; und fast jede zweite Nacht riß er eines unserer Tiere.

Es lag schon Schnee, und der Grund war gefroren. Trotzdem beschloß der Alte Ehrwürdige, daß wir das Lager verlegen müßten. Wir taten es, viele Werst zogen wir, und der Wolf blieb zurück. Unser Winterplatz war nicht so gut wie der andere, aber kein Geist herrschte hier. Wir waren ihm entkommen.

Stünde unser Erlebnis einzeln da, ich würde es dir nicht erzählen; ich weiß, was du denkst und was du glaubst. Da sind andere, die mit ihren Herden flohen. Auch wir lagerten noch einmal im Tal der Stille, auf Tage allerdings nur: das Tal gehört ihm, Bjelui. Menschen und deren Tiere treibt er hinaus. Und jede Nacht klagt er am Grabe seines toten Herrn, des Konstantin Petrowitsch.

Seither wird das Tal gemieden. War es einst das Tal der Stille, so heißt es heute nach seinem mächtigen Gebieter: das Woltsche-Priwidenije-Tal, das Tal des Geisterwolfes. Und wenn du mir nicht glauben willst, Pjotr, wir sind nicht weit davon entfernt. Du kannst gehen und dich überzeugen."

Und damit hatte der Tunguse alles gesagt, was er sagen wollte. Ohne Pjotr Gelegenheit zu einer Frage zu geben, schlug er die Decke um sich und legte sich zurück. „Dobraja Notsch — gute Nacht!" sagte er leise.

3. Kapitel

Die finsterste Stunde der Nacht war es, als Pjotr erwachte. Schon verloschen die Sterne, aber im Osten zeigte sich noch keine Spur Grau, den neuen Tag zu verkünden. Es war unheimlich still in der Taiga; nur der kleine Quell plätscherte seinen Weg den Abhang hinab.

Pjotr setzte sich auf; seine Glieder waren steif, der Rücken schmerzte ihn, und außerdem fror er. Lauschend reckte er den Kopf, und da kam es wieder „Uuuo, Uuuo!", ein Laut, der fern und nah zugleich zu sein schien: der Ruf des Uhus. „Also doch!" murmelte Pjotr. Mehrmals kam der Schrei des nächtlichen Räubers, spukhaft hohl. Der Man starrte vor sich in die Nacht; langsam fiel die Müdigkeit ab, und seine Sinne wurden scharf und wach. Da knisterte es nahebei, raschelte im Busch, und von fern drang das Brechen von Ästen unter dem schweren Tritt irgendeines Großtieres. Die Taiga schlief nicht — ihr wildes, mannigfaltiges Leben pulste im Schutze der Nacht.

Hier fühlte Pjotr sich daheim. Eigentlich wohnte er in einer Stadt, fern im Westen, beinahe im Herzen Europas schon, jedenfalls weit, weit fort von hier.

Sollten die Tungusen wirklich Angst vor dem Geist in Wolfsgestalt haben? Unmöglich wäre es nicht! Auf jeden Fall muß ich das Tier sehen! entschied Pjotr, auch wenn ich es ganz bestimmt nicht schießen werde! Ein Albino unter den Wölfen ist wert, ihn sich anzuschauen, aber warum deshalb Schicksal spielen?!

Da standen die wuchtigen Berggipfel; ihre zackigen Formen strahlten im ersten Licht, als habe eine mächtige Hand sie gerade über Nacht erschaffen. Da waren die Hügel, und jedes Blatt ihrer Bäume sog gierig die Strahlen, die allein ihnen ihr Leben gaben. Im Tal unten aber war ein See. Nicht groß war er, und krüpplige sturmzerrupfte Kiefern wuchsen an seinem felsigen Ufer. Düster lag er dort unten. Doch als die ersten Strahlen der Sonne ihn erreichten, da leuchtete er auf, mit einem tiefen, klaren Blau — wie ein erlesener Saphir.

Ramupulga streckte sich, fuhr mit der Hand übers Gesicht und blinzelte ihn an.

„Wohin gehen wir?“ fragte er lächelnd.

„Ins Woltsche-Priwidenije-Tal, mein Freund!“ erwiderte Pjotr.

Ramupulga schwieg, als hätte er diese Antwort erwartet. Der Abstieg ins Tal, den sie nach kurzem Frühstück antraten, erwies sich als schwierig und mühsam. Dicht war das Unterholz, von den Ranken wilder Brombeeren durchsponnen, und oft mußte erst das Messer einen einigermaßen gangbaren Durchschlupf bahnen. Dann wieder war es schlüpfrig und naß, wo ein Zwergquell bis zur Erdoberfläche drang, um gleich daneben im Boden zu versickern. Die Sonne hatte schon eine weite Spanne ihres Bogens durchlaufen, ehe die

beiden die Talsohle erreichten. Da aber blieb plötzlich der Hochwald zurück, das Unterholz verlief sich in Gruppen einzelner Gebüsche, hartes Gras bedeckte den steinigen Boden, und vor ihnen lag der See. Trotz der Nähe hatte er nichts von seinem strahlenden, tiefen Blau eingebüßt. Seine Ufer bestanden aus Geröll, ein paar übermannshohe Felsblöcke ragten nahe dem Rand aus dem Wasser. Bemoost waren sie und zackig, und einzelne unwettergewohnte, halbverhungerte Föhren klammerten sich mit ihren Wurzeln an das nackte Gestein. Als Pjotr dicht an das Ufer herantrat, huschten schattengleich drei, vier große Forellen unter den nächsten Steinblock.

Die beiden Männer tranken von dem kalten, reinen Wasser, dann zogen sie weiter, wobei sie der Langseite des Sees folgten. Am gegenüberliegenden Ufer nahm sie der Hochwald wieder auf.

4. Kapitel

Ein Bach sammelte sein Wasser im Tal des Geisterwolfes, um es dann in südöstlicher Richtung dem Gonam, einem Nebenfluß des Utschar, zuzuleiten. Dort, wo er aus dem Woltsche-Priwidenije-Tal austrat, schäumte und brauste er noch, aber bald schon weitete sich sein Bett, und die Wasser zogen ruhig unter den mächtigen alten Bäumen dahin.

Es war schon spät am Tag, als plötzlich wie hingezaubert der weißmähnige Wolf am Waldrand stand und prüfend sein Haupt reckte. Dann, nachdem er sich versichert hatte, daß kein Mächtigerer als er selbst in der Nähe weilte, trollte er mit langem, ausgreifendem Schritt zum Bach, um zu trinken. Er löschte seinen Durst, wandte sich und trabte, dem Flußbett folgend, stromauf.

Bjelui kam vom Beutezug. Seine Reviere lagen werstweit vom Woltsche-Priwidenije-Tal. Trotzdem war es ihm nie eingefallen, sich einen bequemeren Standplatz auszusuchen oder aber im Umkreis seines Schlupfwinkels den Burgfrieden zu brechen, den er auf das ganze Tal ausgedehnt hatte.

Obwohl er seinen Wanst reichlich vollgeschlagen hatte, kam Bjelui gut voran. Der seiner Art eigene Trott ließ ihn rasch Boden gewinnen, und als die ersten Schatten der Dämmerung heraufkrochen, hatte er sein Tal fast erreicht. Da aber stemmte er plötzlich alle vier Läufe so heftig ein, daß er beinahe aus dem Gleichgewicht gekommen wäre: war das nicht Brandgeruch? Sorgfältig prüfte seine Nase jeden leisesten Hauch, den die Luft ihm zutrug.

Und dann wurde der Wolf mit einem Male klein, seine Brust berührte den Boden. Eine Weile verharrte er unbeweglich; darauf aber schlich er sich an. —

Pjotr und Ramupulga hatten ihren Tagesmarsch nur kurz

einmal unterbrochen, um zu essen. Die übrige Zeit drangen sie ruhig voran, durch Waldung, Busch und Grasland. Gegen Abend näherten sie sich Hügelketten, zu denen der Tunguse schweigend hinüberwies: sie bargen das Tal des Geisterwolfes.

Es war noch gutes Licht und eigentlich viel zu früh zum Lagern, als Ramupulga plötzlich haltmachte.

„Der Eingang des Woltsche-Priwidenije ist nah“, erklärte er, „von hier findest du morgen allein den Weg. Ich werde warten!“

Der Russe sah ihn einen Augenblick lang eigentümlich an, dann nickte er. Und so gingen sie schweigend daran, das Lager zu richten. Sie legten Steine zusammen als Feuerstelle und sammelten Holz. Ramupulga übernahm die Arbeit des Kochs, Pjotr sah zu und rauchte seine Pfeife. Aber sie sprachen kein Wort miteinander, und der Tunguse schien bedrückt.

Im Busch lag Bjelui; mit glühenden Augen verfolgte er jede Bewegung dort drüben am Feuer. Gierig sog seine Nase die Witterung ein, die auf die kurze Entfernung schwer und voll zu ihm herüberwehte. Er zitterte; eine tiefe Erregung hatte ihn gepackt und schüttelte seinen dem Boden angeschmiegten Körper. Erinnerungen, die lange, lange schon seinem Tiergedächtnis entglitten waren, drängten sich ihm auf, ohne Gestalt annehmen zu können. Dieser süßlich bittere Geruch, der dem einen Mann da drüben entströmte, — einen Teil, einen wichtigen Teil seines Lebens machte er aus! Aber welchen?

So ein Wolf kann ja nicht denken in unserem menschlichen Sinn. Erinnerungen lösen Bilder aus, aber wenn diese Bilder nicht einander völlig gleichen, so ist das Tier hilflos; ein dunkles Ahnen erregt es, doch die alten Bilder der Erinnerung zu einem neuen verbinden — das kann es nicht.

Und da lag nun Bjelui, von dieser dunklen Macht festgehalten. Sein Auge ließ nicht von dem Feuer und den beiden Männern. Auch als diese sich zum Schlafen legten und die Glut langsam erlosch, brach der Bann nicht. Keine Müdigkeit ließ seine aufmerksamen Sinne erschlaffen, und ganz tief drunten in seiner Tierseele regte sich unklares, wehes Sehnen. Erst im Morgendämmern schlich sich der Wolf geduckt fort.

Der Morgen kam; ein klarer Morgen voll Sonne und taugewürztem, herbem Duft des Waldes. Noch war das Gras feucht, noch hatten Sonnenstrahlen nicht die letzten Winkel im Schatten der Hügel erreicht. Pjotr Alexandrowitsch blieb stehen. Das war es also, da lag es vor ihm: das Woltsche-Priwidenije-Tal! Hier hauste er, der Wolf, den sie einen Geist nannten. Der Russe lächelte, und es war ein staunend frohes Lächeln, der Erwartung voll. Frieden schien jeder Baum zu atmen, Scharen kleiner Vögel huschten durchs nahe Gebüsch, zwitscherten, lärmten, schienen einander zu jagen wie eine Gruppe spielender Kinder. Der Mann störte sie nicht, ganz, als seien sie sich des Schutzes eines Mächtigeren bewußt. Und dieser Mann wollte ihnen ja auch kein Leid antun. Zwar trug er das Gewehr unterm Arm, und es war durchgeladen, bereit zu sekundenschnellem Handeln. Doch die Kugel, die da im Lauf steckte, die sollte auch drinbleiben, so hatte er es sich vorgenommen. Und nur eine Ausnahme sollte es geben, wenn diese Kugel sein Leben verteidigen müßte.

Aber daran glaubte Pjotr Alexandrowitsch nicht. Langsam ging er weiter, den Weg, den ihm Ramupulga beschrieben hatte. Das Tal weitete sich, und blühende Wiesen mit Schafgarbe, Lungenkraut und vielen ihm unbekannten Blumen zogen sich zu beiden Seiten weit die Hänge hinauf. Ein paar Rehe, ein junger Bock in Gesellschaft zweier Ricken, taten einige erschreckte Fluchten, als sie des fremden Wesens ansichtig wurden, doch nur, um schon nach wenigen Metern zurückzuäugen. Ein Hase schlug drei, vier Haken und machte Männchen; ein Rotschwanzhäher flog schwerfällig von Baum zu Baum, wartete, bis der einsame Mann wieder in seine Nähe kam, um ihn nach Kräften zu beschimpfen. Das alles ließ das Lächeln nicht mehr von Pjotrs Gesicht verschwinden, er fühlte sich eins mit der ihn umgebenden Natur und folgte ihren Lockungen, ohne sich einen Deut um Ramupulgas genaue Wegbeschreibung zu kümmern. Hier waren es die unterwaschenen Wurzeln einer großen, überhängenden Weide. In dem Bach, den sie beschattete, standen prächtige Forellen, und das Wasser war klar, dunkelgrün und tief. Dort hingen in langen, bartähnlichen Flechten silbergrüne Baummoose von einer Kiefer, und hier wieder hatte Regenwasser tiefe Rillen in ein klobiges Stück Kalkgestein gewaschen.

Fast hätte er Bjelui vergessen; und als er suchend um sich blickt, vermag er die Gegend nicht zu erkennen. Er weiß die Richtung, aus der er gekommen ist, kann auch ungefähr die Entfernungen schätzen; wo er aber jetzt das Grab des Konstantin Petrowitsch suchen soll — das weiß er nicht. All die Wegmarken, so vertraut aus Ramupulgas Schilderung, liegen anderswo und beziehen sich nur auf den Weg, von dem er abgegangen ist. Pjotr zuckt die Achseln. Als ob ich mich dort mit dem Wolf verabredet hätte! denkt er. Der Mann beschließt, planlos weiterzusuchen.

Er hat gerade einen Streifen Gebüsch umgangen, und da steht er plötzlich vor dem Wolf. Bjelui ist vielleicht drei Meter von ihm entfernt; der Mann bleibt mit einem Ruck stehen. „Da schau her!" Verblüfft und ein wenig erschreckt schaut er auf das Tier. Zweifel sind ausgeschlossen: der Wolf hat auf ihn gewartet. Denn laut und unbedacht, wie Pjotr war, muß der ihn längst gehört haben. Zwei Fluchten nach rückwärts, und Pjotr hätte ihn nie entdeckt; eigener Antrieb ist es, daß er sich sehen läßt, erkennt der Mann sofort. Und was hast du nun vor, mein Freund? fragt innerlich der Russe; am liebsten hätte er es laut gesagt, so unwirklich scheint ihm die Begegnung. Statt dessen rührt er kein Glied, denn der Wolf mit der buschig weißen Mähne ist Wirklichkeit. Erschreckt er ihn jetzt, wird er ihn sicherlich nie wiedersehen: der Wolf ist unsicher, eine Bewegung kann ihn verjagen. Seine Augen liegen forschend auf dem Mann, saugen sich förmlich an ihm fest, doch keine Feindschaft oder Abwehr ist in ihnen. Die Nase arbeitet ohne Rast und kann sich nicht genug tun: fremd ist ihr die Witterung und vertraut zugleich, sie kann nicht klug daraus werden. Da zieht der Wolf langsam den linken Vorderlauf hoch, winkelt ihn ab und läßt die Pfote baumeln: ein Bild der Unentschlossenheit.

Der Mann lacht; ein tiefes, kehliges, leises Lachen. Doch es zerbricht, hängt unvollendet in der Luft, denn im selben Augenblick bleckt der Wolf die Zähne, ein blitzend-weißes Gebiß zeigt sich, aus dem ein heiseres, warnendes Grollen dringt. Pjotr ist mehr erstaunt als erschrocken; er fühlt auch jetzt keine Angst vor dem Tier. „Ach so", sagt er leise in seinem wärmsten Tonfall, „du kennst ja möglicherweise menschliches Lachen nicht, du hältst es am Ende gar für meine Art zu knurren? Keine Sorge, Bjelui, ich wollte nur freundlich sein." Der Wolf hat sofort zu grollen aufgehört, seinen Kopf dreht er schief, seine Lauscher wölben sich noch weiter vor. Als er seinen Namen — Bjelui — hört, zuckt er zusammen. Gleich versucht es der Mann noch einmal: „Bjelui, Bjelui, Bjelui!" wiederholt er.

Da kommt so etwas wie ein mißtrauisches Leuchten in die Augen des Wolfes. Langsam macht er einen zögernden Schritt rückwärts, noch einen, läßt den Mann nicht aus den Augen. Der spricht weiter, lockt, aber er weiß bereits, daß er den Wolf nicht wird halten können: zu wild ist er in den einsamen Jahren geworden. Einen Augenblick zögert der Weißmähnige, dann wirft er sich herum und ist verschwunden.

Pjotr Alexandrowitsch starrt auf die Stelle: „Wie ein Spuk!" Er weiß, sein Ausflug ins Woltsche-Priwidenije-Tal ist beendet; sein Ziel hat er erreicht: er hat den Wolf gesehen.

So wäre es an der Zeit umzukehren, aber Pjotr will nicht. Er ist mit dem Ergebnis seiner Suche nicht zufrieden und denkt nach. Dabei schaut er immerzu auf den Fleck, wo Bjelui zuvor stand und der jetzt alles ist, was ihn mit dem Tier verbindet, das so großen Eindruck in ihm hinterlassen hat. Vielleicht, weil er die Vorgeschichte, die Vergangenheit des Wolfes kennt? Doch langsam weicht die Spannung, auch seine Pfeife ist inzwischen leergebrannt. Da steht Pjotr auf und geht der Mündung des Tales zu, in der Richtung, aus der er gekommen ist.

5. Kapitel

Bjelui steht und wartet. Kaum fünf Meter entfernt von ihm geht Pjotr Alexandrowitsch vorbei. Der Mann weiß nicht, was sich hinter dem unscheinbaren Gebüsch verbirgt; er achtet auch gar nicht darauf, ist viel zu sehr mit sich beschäftigt. Er geht weiter, verschwindet drüben unter den Bäumen. Einen Augenblick noch bleibt der Wolf hinter seiner Deckung, dann folgt er eilig der Spur.

Im Wald ist Bjelui dem Mann wieder dicht auf den Fersen, ganz offen läuft er hinter ihm her. Aber der ist so in seine

Gedanken versunken, daß er sich nicht ein einziges Mal umschaut. Als er sich dem Lagerplatz nähert, bleibt der Wolf zögernd zurück. Leise, helle Laute folgen bittend dem Mann, noch ein paar zagende Schritte tut Bjelui, dann bleibt er stehen. –

Pjotr Alexandrowitsch nimmt die Patrone aus dem Lauf, lehnt sein Gewehr an den Rucksack und setzt sich neben das Feuer. Ramupulga bearbeitet gerade ein großes Stück Fleisch; er versieht es mit tiefen Einschnitten kreuz und quer, wobei er einen flachen Stein zur Unterlage nimmt. Als Pjotr kommt, sieht er ihn groß und fragend an, doch da dieser sich nur still hinsetzt, fährt er ruhig in seiner Arbeit fort. Es ist eine Spannung zwischen den beiden, seit Ramupulga sich geweigert hat, den Russen zu begleiten. Das tut dem Tungusen von Herzen Leid, aber kann er es ändern? Schließlich ist der Wolf kein gewöhnliches Tier, und das hat er klar genug geschildert.

Wenn Pjotr trotzdem geht, so muß er sich ja wohl mächtig und stark genug fühlen. Außerdem ist da noch ein anderes, was ihn vom Sprechen zurückhält: das ist der abwesende, ferne Ausdruck in Pjotrs Gesicht.

Das Fleisch ist noch nicht gar, da lächelt der Russe plötzlich zu Ramupulga hinüber. „Dein Geisterwolf ist selten genug", sagt er freundlich und er erzählt sein Erlebnis. Absichtlich fängt er ganz von vorn an, unterschlägt seinem Begleiter, der von Satz zu Satz auf das Wort Bjelui wartet, keines der vielen Erlebnisse. Fast wäre ihm das Fleisch verkohlt, so aufmerksam lauscht Ramupulga. Und als Pjotr endlich zu der Schilderung kommt, da er um die Büsche bog und der Wolf auf wenige Meter vor ihm stand, schüttelt es den Tungusen. Das entgeht Pjotr nicht, und es macht ihm Spaß. Er nimmt sich ein Stück Fleisch und beginnt zu essen. „Weißt du", schließt er, „ich glaube, man könnte den Bjelui sehr schnell wieder an Menschen gewöhnen. Ich hätte jedenfalls gute Lust, es zu versuchen!“

Ramupulga richtet sich bei diesen letzten Worten steil auf. Pjotr ist so mit seinem Bratenstück beschäftigt, daß er es nicht zu bemerken scheint; aber ein halb unterdrücktes Lachen erreicht das Ohr des Tungusen. Da zieht Ramupulga es vor, zu schweigen. –

Eng an einen Felsblock geschmiegt, durch ein Latschengestrüpp auch gegen die andere Seite gedeckt, hat Bjelui gefunden, was er suchte. Von hier aus kann er frei ins Lager des fremden Mannes und seines Begleiters sehen, auch der Wind steht auf ihn zu. Hier hat sich der Wolf niedergetan, und hier will er warten.

Am Feuer drüben ist es ruhig. Die beiden Männer haben sich zurückgelegt, und der Russe raucht. Der Tag geht zu Ende, wie jeder andere Tag.

Als am nächsten Morgen Pjotr Alexandrowitsch Anstalten machte, das Lager abzubrechen, war der Tunguse zutiefst erleichtert. Er hatte befürchtet, der Russe würde wirklich den Versuch wagen, Bjelui erneut zu zähmen. Und dieser Gedanke barg für sein abergläubisches Herz Furchtbares. Aber nun war er beruhigt, leicht gingen ihm die letzten Griffe von der Hand. Wenige Minuten später zogen die beiden Männer los.

Es wurden an diesem Morgen nicht viele Worte gewechselt, und kein Hinweis auf den Wolf kam von Pjotr. Der Tunguse hatte die Führung übernommen, und der Weiße fragte nicht nach dem Wohin. Als sie am Eingang des Woltsche-Priwidenije-Tals vorüberkamen, blieb er einen Augenblick sinnend stehen, doch dann schüttelte er nur den Kopf.

Ein Tag verging so, ein zweiter, das Land ringsum wurde ebener, die schroffen Felsketten lagen schon weit in ihrem Rücken, auch die Hügel blieben mehr und mehr zurück. Vor ihnen und zu beiden Seiten dehnten sich endlose Flächen harten, trockenen Grases, dessen silbriges Grün von den Gruppen und Waldungen der sibirischen Birke nur unterstrichen wurde. Tief am Horizont, in Richtung ihres Marsches schoben sich erneut Bergketten hoch, aber deren Schatten und Kühle waren noch sehr fern, und über den beiden Männern lastete die Hitze einer auf die schattenlose Steppe niederbrennenden Sonne.

Das Gras wuchs kaum kniehoch, der Boden war steinig und ausgedörrt. Aber das Gras blühte mit vielen kleinen, anspruchslosen Blüten in verwaschenen, sonnengebleichten Farben, blau und gelb, rot, ein wenig violett und viel rosa. An einigen Stellen wurde der Boden plötzlich sumpfig, ohne daß die Vegetation sich merklich geändert hätte. Vielleicht war das Auftauchen vereinzelter Weidengebüsche wirklich das einzige Zeichen des feuchten Untergrundes.

Viele alte Bekannte huschten Pjotr über den Weg: da waren Wiesel und Marder, langbeinige Hasen und Füchse in gelbrotem Pelz, ihrer Umgebung angepaßt. Rehe standen allein oder in kleinen Rudeln in geringem Abstand von dem Weg der beiden Männer, äugten herüber, als diese vorbeigingen, erstaunt und nicht im mindesten geängstigt. Das waren vielleicht die ersten Menschen, die diese Tiere sahen, und sie hatten noch nicht gelernt, wie gefährlich das Neue und wie gefährlich besonders der Mensch sein kann. Auch die putzigen kleinen Steppenhühner, von denen die beiden hin und wieder einen Verband aufscheuchten, wußten es anscheinend nicht. Schon nach wenigen Metern fielen sie wieder ein, in unermüdlicher Körnersuche. Eine Eigentümlichkeit ihres Körperbaues, ein viel zu kurz geratener Hals, zwang die kleinen, bunten Federbälle, sich wegen jeden einzelnen Kornes beinahe auf den Kopf zu stellen, wobei der langausgezogene, dünne Schwanz mit den Halmen um die Wette wippte.

Waren die Tage heiß, so wurde es nachts desto kälter, die Temperatur fiel um zwanzig Grad, und kalt und fern glitzerten die Sterne. Dann erst erwachte die Steppe zu ihrem eigentlichen Leben. Es rief von fern und raschelte in der Nähe, es quiekte, schrie in Todesangst, es rannte, floh und verfolgte sich. Äsend zogen die Rehe im Licht des Mondes dahin; sie warfen kaum den Kopf auf, wenn ein Hase klagte, daß der Fuchs ihn überlistet hatte. Doch sie fuhren zusammen, prüften den Wind, wenn er das Geheul eines Wolfes von weither mit sich trug, obwohl der graue Jäger jetzt nicht gefährlich war: leichter erlegbare Beute deckte seinen Tisch überreich. Und selbst die Luft hatte ihre Räuber: als lautlose, schnelle Schatten glitten einsam jagende Eulen dahin, und in wirrem Zickzack suchten Fledermäuse ihre Nahrung.

6. Kapitel

Am dritten Tag ihres Marsches zeigte voraus eine dunkelbewaldete Hügelkette, daß die beiden Männer den Steppengürtel bald überwunden haben würden. Dahinter ragten bereits die Berge, deren Spitzen sich als nackter Fels gen Himmel hoben. Voran ging Ramupulga, Pjotr folgte in einigem Abstand. Plötzlich blieb der Tunguse stehen und wartete auf seinen Gefährten. „Von jetzt an“, sagte er, „mußt du dich hinter mir halten.“ Pjotr nickte, ohne viel zu fragen. Und kaum hatten sie eine kleine Birkenwaldung passiert, da verengte sich der Pfad auf eine Breite von zwei Metern. Links und rechts aber war grundloser Morast, dicht besetzt von dunkelgrünem, kleinblättrigem Pflanzenwuchs. Er verengte sich noch mehr, bestand stellenweise nur aus festen Grasbüscheln, über welche die Männer sich springend fortbewegen mußten. Hin und wieder hielt Ramupulga einen Augenblick inne, um sich zu orientieren, doch lange Zeit durfte das nicht in Anspruch nehmen, denn sonst wäre der schmale Tritt ihnen unter den Füßen weggesackt.

Ziemlich in der Mitte des Moores kamen die beiden auf einen breiten Wiesenstreifen, der fast trocken war und so zu kurzer Rast einlud. Selbst ein paar schiefstehende Birken wuchsen auf ihm und ein dichter Bestand an Weiden, in denen ein Schwarm Lasurmeisen lärmte. Pjotr hatte sich niedergelassen und überschaute, mit dem Rücken an einen Birkenstamm gelehnt, die Strecke, die sie bereits zurückgelegt hatten. Ein ganz erhebliches Stück war es schon, und die Tatsache, daß der Weg durch grundlosen Sumpf geführt hatte, ließ ihre Marschleistung doppelt bedeutsam erscheinen. Ramupulga war dem Blick seines Gefährten gefolgt und lachte still vor sich hin. „Das ist ein gefährliches Weglein", bemerkte er, „trotzdem hab ich schon mal eine Herde von 38 Rentieren hier durchgetrieben. Das Schlimme ist nur, daß sich der Weg immer ändert. Du kannst nie ganz sicher sein, ob du hinüberkommst. In manchen Jahren ist's besser, in manchen unmöglich. Du kannst das nie vorher wissen. Und es gibt nur diesen einen Pfad, den noch dazu sehr wenige finden.

In dem Jahr, in dem ich die Rentiere hinübertrieb, war's freilich besonders günstig. Der Alte Ehrwürdige hatte sie gekauft, nach einem harten Winter, da unsere Herde sehr viel kleiner geworden war — zu klein für uns. Und mich sandte er im Frühsommer aus, die Tiere zu holen. Bis wir zu diesem Sumpfgürtel hier kamen, war alles gut; als ich aber an seinem Rand stand, wußte ich nicht recht, was ich tun sollte. Weißt du, ihn mit den Tieren zu umgehen, dauert gut zwei Wochen, da mußt du deinen Weg durch Weidengestrüpp hacken, und dabei eine Herde zusammenzuhalten, ist schwer. Die Tiere kennen dich ja noch nicht und gehorchen widerwillig. Außerdem hatte ich ein paar tragende Kühe dazwischen, die nicht mehr angestrengt werden durften als unbedingt nötig.

So war es wohl das Beste, durch den Sumpf zu treiben. Aber ich war allein — sollte ich es wagen? Ich setzte die ganze Herde aufs Spiel.

Nun, es ist gut ausgegangen. Eine Kuh nur brach ein, das gab eine halbe Stunde voll Schweiß und Angst und war kein kleines Stück Arbeit. Es gelang mir grad noch, ihr eine Wurfleine um den Rumpf zu legen, hinter den Vorderläufen, und schon steckte sie drinnen — bis über den Bauch. Ohne Jaruk hätt ich sie nicht rausgebracht. Du kennst ja meinen Schlittenstier, nicht wahr, den großen Silbergrauen? Als ich ihn anseilte, mußte er gleich gewußt haben, wie wichtig seine Hilfe war. Er zog mit all seiner Kraft, war dabei vorsichtig genug, nicht selbst einzubrechen, und die Kuh kam aus dem zähen Schlamm. Sie schlug um sich in ihrer Angst, und das hat uns die Arbeit reichlich schwer gemacht. Tiere sind genau so dumm wie Menschen, wenn sie Angst haben.

Auf dieser Insel rasteten wir damals auch, und das letzte Stück blieb ohne Zwischenfall. Der Bulle ist jetzt schon alt, aber ich habe ihn noch, ich mag keinen anderen vor meinem Schlitten. Ein tapferer Kerl ist er —."

Ramupulga erzählte weiter, pries sein Lieblingsren und schaute dabei sinnend in die Ferne. Daher bemerkte er auch nicht, wie Pjotr plötzlich sein Glas ans Auge hob. Er hatte einen sich bewegenden Schatten gesehen, weit draußen im Moor, auf dem Pfad, den sie gekommen waren. Und was Pjotr durchs Glas sah, ließ Ramupulgas Erzählung ungehört an seinem Ohr verebben. Denn dort draußen der Schatten, der langsam und vorsichtig sich fortbewegte, von Grasnarbe zu

Grasnarbe sprang — das war ein Wolf. Ein Wolf mit buschiger, im Sonnenlicht silberweiß leuchtender Mähne — Bjelui.

Pjotr sagte Ramupulga nichts davon; aber er drängte zum Aufbruch. Und als sie weiterzogen, da war's ihm, als gluckste das Moorwasser unter seinem Tritt geheimnisvoll, traurig und ein wenig unheimlich, als wolle es zu ihm sprechen. —

Dunkle Wolken schoben sich am Horizont empor, gefolgt von immer schwärzer werdenden, und breiteten sich mit unwahrscheinlicher Geschwindigkeit über den ganzen Himmel. Ramupulga sandte besorgte Blicke nach allen Seiten und trieb zu immer größerer Eile. Fast liefen die beiden Männer schon, sie eilten, so sehr der unsichere Grund es erlauben wollte, und doch schien es hoffnungslos, mit diesen pfeilgeschwinden Wolkenmassen Schritt halten zu wollen. Es war zwar erst am späten Nachmittag, doch schon erlosch alles Licht; es herrschte bleigraue Dämmerung, die schwer auf allem zu lasten schien und die ringsum jedes Gebüsch, jeden Baum in der Ferne in tiefem Schwarz erscheinen ließ. Dazu wurde es unheimlich still, keiner der kleinen Schwirle rief mehr, drückende Schwüle senkte sich herab, umklammerte die beiden dahinhastenden Männer und trieb ihnen den Schweiß aus allen Poren.

Verflucht, hämmerte es in Pjotrs Kopf, verflucht, nimmt den dieser Sumpf überhaupt kein Ende? Der Wald voraus, den er dicht am Rande des Moores vermutete, kam einfach nicht näher. Ihm war, als sei dieser nur noch 250 Meter entfernt, aber Pjotr hätte darauf geschworen, daß er vor zehn Minuten schon genau so nahe schien. Da endlich, als die ersten Tropfen schwer zur Erde prasselten, sprangen sie auf festen Boden.

„Schnell, schnell, beeil dich!“ rief Ramupulga und rannte

dem Wald zu. Der Russe folgte ihm blindlings; schon waren sie unter dem Schutz der Bäume, die fürs erste wenigstens die plötzlich niederstürzenden Wassermassen auffingen. Im Laufschritt ging es weiter, wobei sie sich schräg rechts zu ihrer bisherigen Richtung hielten. Pjotr fragte sich vergeblich nach dem Sinn; wo schon sollten sie bessere Deckung finden? Aber an Ramupulga konnte er keine Fragen stellen, der war immer gute zehn Meter voraus, und außerdem brauchte er seinen Atem zum Laufen. Da lichtete sich das Gehölz ein wenig, der Boden begann zu steigen, und Pjotr sah sich einer hügelartigen Bodenerheburg gegenüber, die auf der einen Seite sanft gerundet anstieg, zur anderen jedoch steil abzufallen schien. Ramupulga umging sie zum Steilhang hin. Ein Bach hatte sich dort eingeschnitten, hatte das Erdreich fortgewaschen und nur eine steile, steinerne Wand belassen. Ein schmaler Pfad aus Geröll führte zwischen ihr und dem tiefer eingewaschenen Bach hinauf. Diesen hasteten die beiden Männer entlang, ungeschützt dem Regen ausgesetzt. Das Geröll gab bei jedem Tritt nach, kollerte in den Bach hinab, und einmal stürzte Pjotr so unglücklich, daß er beinahe mit hinuntergerissen worden wäre. Jetzt auch noch ein Bad in voller Kleidung! dachte er wütend, als er sich aufrichtete. Beide Knie schmerzten grausam, und den linken Ellenbogen konnte er im ersten Augenblick gar nicht abbiegen. Ramupulga aber hatte den Zwischenfall — das Geräusch war wohl durch den niederprasselnden Regen erstickt worden — nicht bemerkt. Er verschwand gerade hinter einer Biegung, gut vierzig Schritte voraus. Da blieb Pjotr nichts anderes übrig, als schleunigst hinterherzutraben.

Glücklicherweise war damit ihr Eilmarsch beendet. Als Pjotr um den Felsen bog, stand er vor einem tief untergrabenen, wohl in dreifacher Mannshöhe überhängenden Felsen.

Der Bach mochte dieses Werk vollbracht haben, als sein Bett noch höher lag. Dort stand Ramupulga und wartete.

Die Gesteinsschicht, die sich als glattgeschliffene Felsplatte erhalten hatte, bot ausreichenden Schutz gegen den Regen. Der Russe nickte zufrieden und war trotz seiner schmerzenden Glieder mit ihrer Lage ausgesöhnt. Doch Ramupulga lächelte verschmitzt. „Hier hat man einmal noch Gold gegraben“, sagte er, „komm!“ Und als Pjotr dem Gefährten nun tiefer in die Höhle folgte und sich seine Augen an das Dunkel gewöhnten, da gewahrte er ein breites, schwarzes Loch, das weit in den Berg hineinführen mußte. „Warte!“ kommandierte der Tunguse und eilte zurück. Bald schon war er wieder zur Stelle, den Arm voller Holzbrocken, Äste und Rindenstücke. Einen besonders harzigen, trockenen Zweig wählte er mit umständlichem Bedacht, gleich auch flammte es unter seinen Händen auf und, den Zweig als Fackel benutzend, schritt Ramupulga den Weg hinein in den Schacht.

Roh aus dem Stein gehauen waren die Wände, die Decke neigte sich in bizarr zueinander stehenden Kanten und Winkeln. Noch aber hatten sie keine zwölf Meter zurückgelegt, da weitete sich der Gang zu einer geräumigen Höhlung, die wie ein großer quadratischer Keller anmutete. Ramupulga lächelte über Pjotrs Erstaunen, er wies zu einer Reihe wohl meterhoher Löcher, die in verschiedenen Richtungen und Höhen sich dunkel abzeichneten. „Das ist der Mittelpunkt eines Netzes von Gängen und Stollen, die Menschen sich gewühlt haben, um Gold zu sammeln. Aber sie haben es wohl schon lange aufgegeben, denn ich sah nie einen Goldsucher hier; nur der Alte Ehrwürdige erzählte manchmal davon.“

Während er sprach, hatte er in dem einen Winkel bereits einen kleinen Haufen Holz aufgeschichtet. „Der Rauch wird durch die Schächte abziehen!“ erklärte er und entzündete das

Feuer, das anfangs qualmte, sodann aber hell aufprasselte. Pjotr streifte seinen Rucksack ab; bevor er sich jedoch niederließ, entschloß er sich, noch einen Blick nach draußen zu tun. Das war ein schönes Wetter! Pjotr schüttelte sich bei dem Gedanken, jetzt unter ein paar Bäumen Schutz suchen zu müssen. Denn was vorher Regen gewesen, kam jetzt in haselnußgroßen Hagelkörnern herab, dichter noch als die Tropfen zuvor. Sie rissen die Blätter aus den Gebüschen, brachen ganze Äste ab und legten sich als dichte, schneeartige Schicht über die Erde. Noch dunkler war es geworden, und das Prasseln der himmlischen Eisgeschosse machte die Landschaft unheimlich, feindlich und fremd.

Und plötzlich war es still. Keine Hagelkörner kamen mehr. Eine Stille im Sturm, drohender, erdrückender noch als das Toben zuvor. Wie lange? Pjotr hätte es nicht sagen können; vielleicht war es eine Viertelstunde — vielleicht nur sechzig Sekunden. Dann kam es. Blendend, bläulich-weiß zerriß der erste Blitz die Dämmerung, stand zuckend für Sekundenbruchteile über der schwarzen Silhouette der Tannen, und schon dröhnte sein Krachen durch die einsame Wildnis. Schlag auf Schlag folgte, das Krachen und Donnern der einzelnen Blitze überschnitt sich, wurde zu einem anschwellenden und wieder abebbenden Tosen ohne Pause. Und kein Tropfen fiel. Da zündete schon der erste Baum. Die zuckende, blauweiße Schlange glitt an ihm herab, und dann brannte der ganze Waldriese, jeder seiner Äste bog sich empor und ließ die Lohe aus sich herausschießen wie pulsendes, lebendiges Blut aus einer Schlagader. Eine zweite Fackel lohte auf, eine dritte, vierte. Ein vielstimmiger Schrei brach aus den Wäldern, mischte sich dem Donner bei. Scharen von Vögeln erhoben sich, gut sichtbar gegen das Licht der brennenden Bäume, flatterten ziellos hierhin, dorthin in Angst und Schrecken.

Dann kam der Wind. Er heulte los in Stärke eines Orkans. Er drückte die schwachen Stämme zu Boden und bog die starken. Er riß das Feuer hoch und trug es mit sich. Ein Viertel des Waldes brannte. Ein Krachen und Bersten ging durchs Gehölz, und viele alte Riesen stürzten dröhnend zu Boden. Darüber hing der Angstschrei der vielen planlos fliehenden Tiere. Ein Ort des Entsetzens war ihnen ihr Heim geworden.

Und an den Felsen gelehnt stand der Mann. Ihn schauerte; wie ist doch Mütterchen Natur grausam gegen ihre Kinder! dachte er, wie ist der Mansch hilflos und schwach gegen ihre Urgewalt; hier ist er auch bloß eines ihrer Geschöpfe! Pjotr war ein Freund der Natur, er liebte sie nicht nur in ihrem lächelnden Antlitz, das aus den Augen der Tierkinder strahlte.

Nun kam der Regen. In grauen Wänden strich er hernieder, ließ die Flammen zischen und verlöschte sie. Der Donner schwieg, die Tiere verstummten. Nacht wurde es in der Taiga, und gleichförmig rauschte der Regen.

7. Kapitel

Der Wolf Bjelui lag unter einem Felsvorsprung in den Sand geduckt. Dort vorn, fünfzehn Schritt von ihm entfernt, hatte der Mann, dessen Geruchsspur er nun schon so lange folgte, gestanden und in die Nacht gestarrt. Jetzt war er wieder in der Höhle verschwunden. Würde er zurückkommen? Der Wolf sog prüfend die Luft ein, lauschte angestrengt. Aber nichts rührte sich mehr. Da streckte er wie mit einem befriedigten Seufzer den Kopf vor und fiel in den leichten Schlummer des Wildtieres.

Angefangen hatte es, als er vom Beutezug zurückgekommen war, heim in sein Tal. Da war diese Witterung und der Mann, von dem sie ausging. Hatten zuvor ihn unerklärliche Bande an das Woltsche-Priwidenije-Tal gefesselt, so zogen die gleichen Bande ihn jetzt hin zu diesem fremden Menschen. Was vorher gewesen, war ausgewischt.

So hatte der Wolf seine Heimat verlassen, sein Tal, das er unbeschränkt all die Jahre beherrscht hatte. Und er war der Spur des Weißen gefolgt. Bald von fern, bald ganz dicht. Er hatte den errgenden Geruch gespürt, und dieser war nun sein Lebensinhalt, sein Ziel. Kaum nahm er sich noch Zeit, zu jagen, aus Furcht, die Spur zu verlieren. Manchmal lief er, durch Unterholz gedeckt, wenige Meter entfernt neben den Männern her, manchmal folgte er ein, zwei Werst zurück der Spur durch die Steppe. Einige Male sogar eilte er voraus, duckte sich hinter eine Bodenwelle und wartete. Immer aber war er nah. Und des nachts hielt er sich dicht beim Lager versteckt und wachte. Ein unergründliches, wehes Sehnen war in seiner Brust. Es zog ihn hinab, zu dem Mann dort am Feuer, aber er fürchtete sich.

Über das Moor folgte Bjelui in weitem Abstand, und er ahnte nicht, daß Pjotr ihn entdeckt hatte. Als aber der Regen niederflutete und jede Witterung verwusch, da ließ er den Mann nicht mehr aus dem Auge. Mit durchnäßtem Pelz, vollgesogen bis zur Haut, lauerte er am jenseitigen Ufer. Und als die Männer ins Innere des Berges drangen, schnellte Bjelui in mächtigem Sprung über das anschwellende, reißende Wildwasser und war sogleich in seinem Versteck verschwunden.

Als das erste graue Licht den werdenden Tag anzeigte, hob der Wolf den Kopf. Stetig fiel der Regen, doch jetzt in feinen Strähnen von winzigen, perlenähnlichen Tropfen. Er lauschte, sog die Luft tief in seine Lungen, sodann kroch er hervor und streckte sich. Am Eingang der Höhle suchte seine empfindliche Nase den Boden ab: was sie ihm verriet, mußte ihn beruhigen. Gelassen setzte er sich auf die Keulen und begann, seine vom Regen verklebten und vom Sand verkrusteten Läufe zu reinigen. Erst fuhr die rauhe Zunge sorgfältig über den linken Vorderlauf, bürstete den rechten und bearbeitete anschließend alle übrigen erreichbaren Teile des Körpers. Mitunter hielt der Wolf in seiner Arbeit inne und lauschte in den dunklen Bergeingang hinein. Es wurde zusehends heller, aus der schwarzen Waldmasse hoben sich die einzelnen Bäume und Büsche hervor, die Blätter und Gräser zeichneten sich ab.

Da sprang der Wolf auf. Gähnend streckte er sich und reckte die einzelnen Glieder. Noch einmal spielten seine Ohren zu der Höhle hinüber, seine Nase machte eine letzte, sorgfältige Inspektion, dann setzte Bjelui über den Bach und verschwand zwischen den Büschen.

Und hier wartete er wieder. Das Gras war naß, und jede seiner Bewegungen löste einen Schauer von Wassertropfen aus den niedrigen Zweigen. Ihm war unbehaglich, und außerdem hatte er Hunger. Trotzdem verharrte er auf seinem Posten. Ihn zu verlassen, wäre zu gefährlich gewesen, denn feuchter Boden hält Spuren nicht lange, und da war außerdem der Regen, leicht zwar, doch stetig; der hätte ein übriges getan. Da mußte der Magen denn schon warten.

Und lang wurde die Zeit. Ramupulga erschien einmal vor der Höhle, um am Bach in ein Gefäß Wasser zu schöpfen. Der andere zeigte sich nicht. Der Regen wurde dünner und versiegte endlich ganz. Aber noch hingen die Wolken so tief, daß sie wie Nebelfetzen zwischen den Bäumen dahinglitten. Und es war wohl der beste Teil des Vormittags vergangen, bis eine mattgelbe Scheibe verkündete, bald würde die Sonne durchbrechen.

Da spannten sich in Bjeluis Körper plötzlich alle Muskeln, aus seinem trägen Warten wurde angestrengte Wachsamkeit. Und richtig, da traten die beiden Männer aus dem Felsgang hervor. Einen kleinen Auenblick blieben sie stehen, blickten umher, dann schlugen sie die Marschrichtung Süd-West ein.

Ausreichend Deckung war vorhanden, und so zögerte der Wolf nicht lange. In vierzig, fünfzig Meter Abstand folgte er; wurde das Unterholz zu dicht, so pirschte er näher heran. Stärker werdender, kalter Brandgeruch machte ihn stutzig; in seinem Gedächtnis tauchte ein Bild vom vorhergehenden Abend empor; das Bild des Feuerscheins, des brennenden Waldes. Er hörte in seinem Innern nochmals das Rufen und Schreien der Tiere, und da wußte Bjelui Bescheid. Das war nicht der erste brennende Wald, den er gesehen hatte; die Rufe der Tiere waren seine Sprache. Und auch äußere Anzeichen verrieten, daß sie sich dem Mittelpunkt des Sturmwütens näherten. Hier standen ein paar Tannen, deren Wipfel in doppelter Mannshöhe einfach abgebrochen und vom tobenden Elment zwanzig Schritt weit fortgeschleudert worden waren. Dort der alte Bergahorn sah aus wie im Herbst — fast kein Blatt war ihm belassen. Und dieser alte Riese gar, inwendig schon vermorscht und von Holzkäfern durchwühlt, war einfach zersplittert worden. In großem Umkreis lagen seine Äste und Fetzen seines Stammes vestreut.

Und plötzlich, ohne Übergang standen die Männer am Rande der vernichteten Waldung. Hohe, kahle Stümpfe, verkohlt und geborsten, hatte das Feuer zurücklassen müssen, als der Wolkenbruch es löschte. Das Gras am Boden war verbrannt, schwarz und grau lag die Fläche vor ihnen, nichts zeugte mehr von dem Leben, das wenige Stunden zuvor diesen Flecken Erde noch erfüllt hatte. Oder doch? Bjeluis Nase ging ein paarmal von rechts nach links, von links nach rechts, beschrieb einen flachen Bogen, dann hatte sie die Richtung. Unter einem halbverkohlten Busch lag ein Hase, langhingestreckt, ohne Bewegung. Das Tier war schwer verletzt, sein Fell versengt. Mütterchen Natur hatte es in erlösende Bewußtlosigkeit gleiten lassen. Zuerst fuhr der Wolf zurück, sein Nackenhaar sträubte sich, das leblose Tier mit dem Brandgeruch war ihm unheimlich.

Doch dann sprang er zu. —

Als Pjotr und Ramupulga sich daranmachten, das Brandfeld zu umgehen, war der Wolf schon wieder bereit, zu folgen. Sie kamen nur langsam voran, denn der Pfad war ein Wildwechsel, der immer steiniger und enger wurde. Pjotr aber ging nur mit großen Mühe, er hinkte, und der Rucksack schien ihn stark zu behindern. Vor ihnen lag unberührter Wald, dicht verwachsen das Unterholz, hochragend die Kronen seiner Bäume. Der Wildwechsel hörte zeitweilig scheinbar auf, und die Männer mußten sich mit ihren Messern Bahn schaffen.

Plötzlich schrak Bjelui zusammen, er windete nach allen Seiten, und sein Instinkt gebot sofortigen Rückzug: was die kaum merkliche Brise ihm zutrug, war die Witterung des Waldfürsten, des Tigers. Bjelui schätzte ihn nahe genug, daß er nicht länger hätte verweilen dürfen, auch empfand er, daß der Gestreifte aufs höchste erregt sein müsse: sein Dunst kam warm, scharf und beißend. Noch mehr sagten dem Wolf seine überfeinerten Sinne; obwohl kein Laut, auch nicht ein einziges unrechtes Rascheln der Blätter die Bewegungen des Tigers verriet, strich trotzdem sein Geruch von Augenblick zu Augenblick aus einer anderen Richtung: ein Meister des lautlosen Angriffs war am Werk. Und der Wolf verstand, daß dieser Tiger aus war, zu töten. —

Nur zehn knappe Schritte voneinander entfernt marschierten die Männer, voran der Weiße, hinkend und unsicher. Er hatte das Hemd weit aufgeknöpft, und auf seiner Stirn stand Schweiß. Die Sonne hatte den letzten Dunstschleier noch immer nicht durchbrechen können; trotzdem war es heiß, und die so überreich empfangene Feuchtigkeit entströmte dem Boden, hing schwül und drückend in der Luft, machte die Kleider feucht und das Atmen schwer.

Ramupulga hatte es angeraten, und so trugen beide ihre Gewehre schußbereit; aber ihre Aufmerksamkeit war längst schon erlahmt.

Da schnellte der Gestreifte durch die auseinanderpeitschenden Büsche.

„Pjotr —!" gellend schrie der Tunguse, übertönt von dem rasselnden Fauchen des Waldfürsten. Der Weiße stand Sekundenbruchteile schreckgelähmt, schwach und hilflos waren seine Glieder. Aber er riß sich zusammen, drehte sich blitzschnell um, und sein Gewehr flog in Anschlag. Sechs Meter von ihm entfernt kauerte der Tiger, sein gestreifter, in allen Muskeln gespannter Leib deckte halb den gestürzten Tungusen. Die Augen des Menschen und des Tieres trafen sich, aber vor Pjotrs Auge war das Visier. Ein wenig schwankte das Korn, suchte eines der grüngelben Lichter, und dann zog Pjotr durch.

Es war ein Stahlmantelgeschoß aus einem guten, schweren Gewehr; sicher traf es sein Ziel, aber seine Schockwirkung genügte nicht. Pjotrs Finger krümmte den Abzug noch, da befand sich der Tiger bereits wieder im Sprung, zu spät war es für einen zweiten Schuß. In seiner Hast, auszuweichen, stolperte Pjotr und fiel. Sein Hinterkopf schlug hart auf, und in dem letzten klaren Augenblick, bevor er das Bewußtsein verlor, fühlte er er die nadelscharfen Krallen in seinen Oberschenkel schlagen.

Was nun geschah, hat keiner der beiden Männer gesehen. Es war gegen die Ordnung in der Natur, und es war gegen den Instinkt, der sonst das Verhalten der Tiere bestimmt. Doch genau so blitzartig, wie der Russe geschossen hatte, handelte der Wolf. Seine spitzen Fänge bohrten sich seitlich in des Tigers Hals, bevor jener nur wußte, wer sein neuer Angreifer war. Sie wühlten sich tiefer, rissen und zerrten, und ein urwildes Grollen brach stoßweise aus Bjeluis Kehle.

Und dennoch würde Bjeluis Eingreifen ihm wohl nur selbst den Untergang bereitet haben, hätten die mächtigen Pranken des Gestreiften noch Kraft gehabt, auszuholen. Jetzt aber erreichte die Kugel Pjotrs ihre verzögerte, volle Wirkung. Der Tigerkopf wurde schwer, ein tiefer, dumpfer Laut, einem Stöhnen gleich, und der gestreifte Leib sackte tot in sich zusammen.

8. Kapitel

Als Pjotr wenige Augenblicke später die Augen öffnete, lastete auf seinen Beinen der leblose Körper des Tigers; daran zerrte, in die Kehle verbissen, grollend der Wolf mit der weißen Mähne. Seine Augen waren zu engen Schlitzen zusammengezogen, und sie leuchteten grün, haßerfüllt und voll der unbändigen Wildheit des mordenden Ungezähmten. Den Russen durchflutete es dankbar und warm. In ihm war kein Schreck, keine Scheu vor dem Wildtier. Benommen noch hob er den linken Arm, streckte seine Hand dem knurrenden Wolf hin und rief ihn leise beim Namen: „Bjelui!"

Und das unwahrscheinliche geschah. Zurück federte der Wolf, ein Geheul der Freude brach aus seiner Kehle, die eben nur für Haßlaute Raum gehabt hatte, und schon war er bei dem Mann. Er schmiegte sich in dessen Hände, sprang hierhin und dorthin gleich einem ausgelassenen Hund bei der Rückkehr seines Herrn, war aber stets sofort wieder da, drückte sich dicht an den Weißen, wobei leise, winselnde Laute und kehliges Grollen abwechselten.

Und der Weiße kraulte ihn und sprach leise Worte, um sich selbst und das Tier zu beruhigen. „Da soll mir einer behaupten, so ein Wolf sei feig von Natur! Tapfer warst du, mein Bjelui, hast nicht überlegt, bist zugesprungen, hast gehandelt. Und jetzt hast du auch keine Angst mehr vor mir, nicht wahr, du seltsames Tier, du? Oh, ich weiß, daß du mir nachgelaufen bist, weiß sogar noch mehr, ja, mehr als du: nämlich, warum. Auch wenn du es nie begreifen wirst. — Aber nun laß mich hier mal rauskommen!“ Und da, ganz plötzlich, durchfuhr es ihn. „Himmel, wo ist Ramupulga?“

Der Russe war so gefallen, daß Gebüsch und hohe Grasstauden ihn hinderten, den Pfad zu überblicken. Er wußte nicht, wie lange er wohl ohnmächtig gelegen hatte, er glaubte zwar, es sei nur kurze Zeit gewesen — doch ob kurz oder lang, Ramupulga müßte längst bei ihm sein.

Und da bekam der Russe Angst. Hatte der Tiger den Tungusen schwer verletzt? Gar getötet? Seine Hände zitterten, als er sich von der Last des auf ihm liegenden Gestreiften zu befreien suchte. Das ging schwer, sehr schwer, denn er war matt, und ihm war ein wenig übel noch dazu. Der Schreck, der Sturz, die Ohnmacht — es war halt doch ein bißchen viel auf einmal gewesen. Und außerdem begann die Wunde zu schmerzen, die der Tiger geschlagen hatte. Sie brannte wie Feuer, und stetig sickerte Blut daraus hervor.

Der Wolf beobachtete die Anstrengungen des Weißen, und er winselte leise. Aber da war nichts, was er tun konnte. So stand er daneben, und seine Haltung war voll Erregung, voll Erwartung. Dem Mann gelang es, das eine Bein unter dem Tiger hervorzuziehen, dann das andere. Wenn er nur nicht so eigentümlich schwach wäre! Endlich stand er, und sofort war der Wolf wieder bei ihm und drängte sich unter seine Hand. —

Wenige Schritte entfernt stemmte sich im selben Augenblick der Tunguse in sitzende Stellung. Er schüttelte den Kopf, sah Pjotr an und lachte.

„Ist der schweifende Fürst tot?“ fragte er, aber es klang mehr wie eine Feststellung; er war überzeugt von Pjotrs Treffsicherheit. Der Russe nickte. „Bist du verletzt?“ fragte er zurück. Ramupulga verneinte und sprang katzengleich auf die Füße. Da erstarrte er.

Ramupulga sah den Wolf, den Wolf mit der weißen Mähne. Er sah ihn eng an des Russen Seite geschmiegt, mit großen, leuchtenden Augen. Und er sah, wie Pjotrs Hand den Kopf des Tieres kraulte und über seine Nackenkrause strich. Er wußte nicht, was er tun sollte: davonlaufen, bleiben? Da sah er, daß der Russe lächelte. Es war ein gutes Lächeln und schien um Verzeihung zu bitten: „Weißt du, Ramupulga“, sagte er leise, „weißt du, Bjelui hat uns das Leben gerettet. Mir ganz bestimmt! Er sprang dem Tiger an die Kehle, er hat ihm den Rest gegeben!“ Und Pjotr erzählte, was er gesehen hatte, als er aus seiner Ohnmacht erwachte. Dabei machte er die paar Schritte zum Rande des Pfades und setzte sich. Ihm war gar nicht gut; aber er wollte es nicht zugeben. Erst als Ramupulga den Tiger begutachtet hatte, als er wieder vor ihm stand und ihn prüfend ansah, sagte er: „Ich hab ein paar Schrammen abbekommen, Ramupulga, hier, am Oberschenkel. Außerdem ist mir schlecht, gib mir bitte mal die Wasserflasche!“ —

Zwei Tage waren vergangen, zwei Tage, deren Ablauf für

Pjotr etwas verschwommen blieb. Es fing damit an, daß ihm übel wurde, und endete mit seinem Aufwachen auf einem Feldlager aus Decken, schwach zwar noch, doch fieberfrei.

Es mag nun sein, daß er sich auf den Märschen etwas zuviel zugemutet hatte. Schließlich war er ja ein Zivilisationsmensch und als solcher dem härteren, entbehrungsreichen Leben unter primitiven Bedingungen in der Taiga doch nicht so vollkommen gewachsen, wie er es wohl gerne von sich angenommen hätte. Aber der Mensch bezahlt führ alles, und was Pjotr dem Naturmenschen an seiner Seite durch Kultur und höhere Entwicklung seiner geistigen Kräfte voraus hatte, das fehlte ihm eben an Ausdauer und Zähigkeit. Sein Sturz, verbunden mit der Verwundung durch den Tiger, mag ihn dann vollends erschöpft haben.

Ramupulga nahm das mit kameradschaftlicher Selbstverständlichkeit hin. Als er sich — immer mit einem vorsichtigen Auge bei Bjelui — von Pjotrs Zustand überzeugt hatte, schulterte er den Freund und trug ihn wohl eine halbe Werst weit zu einem geschützten Ort, dessen er sich erinnerte. Der Wolf trabte geduldig hinterdrein und beobachtete voll Zustimmung, wie seinem selbsterkorenen Herrn ein Lager aus Decken und Büscheln trockenen Grases bereitet wurde. Als der Russe gebettet war, legte er sich voll Zuversicht und mit überzeugtem Besitzerrecht davor. Jedoch ließ er den Tungusen in voller Freiheit hantieren, ließ sich von ihm auch mal zur Seite schieben und erhob keinen Protest, als dieser Pjotrs Wunden untersuchte. Das ging nicht ohne Stöhnen des Patienten ab, wohl auch nicht ohne den einen oder anderen Wehlaut, aber Bjelui mußte anscheinend verstehen, daß hier nur geholfen wurde. Er benahm sich in keiner Weise hinderlich, allerdings — aus dem Auge ließ er den Tungusen nicht.

Ramupulga baute ein Schutzdach aus großen abgehauenen

Fichtenästen, über die er dichtbelaubte Ahorn- und Buchenzweige breitete. Währenddessen kochte über dem Feuer ein Kräutertrank. Später dann verließ er das Lager für eine Weile.

Pjotr lag unruhig und stöhnte. Wohl hatte er die Augen zumeist offen, doch er schien nicht zu sehen, und hin und wieder durchliefen kalte Schauer seinen Körper; das war das Fieber, das — zum Guten oder zum Tod — ihn gepackt hatte. Dann stand der Wolf auf, beugte sich über die ruhelosen Hände und leckte sie.

Als Ramupulga zurückkehrte, hatte er zwei Waldhühner und einen Arm voll großflächiger, dunkelgrüner Blätter bei sich. Die Blätter zerquetschte er und legte sie in dichter Schicht über Pjotrs Wunde. Drauf maß er sorgfältig einen Becher voll des Kräutersuds und gab ihn dem Kranken zu trinken. Bald danach wurde dieser viel ruhiger, aß mit Appetit von dem Hühnerfleisch, als dieses gar geworden, und verfiel darauf in tiefen, wohltätigen Schlaf.

Der zweite Tag war für Ramupulga damit ausgefüllt, den Tiger abzuhäuten. Er wußte zwar nicht recht, was sie mit der immerhin gut 50 Pfund schweren Decke beginnen sollten, doch aus dem Widerwillen eines Jägers heraus, ein Stück Wild verludern zu lassen, machte er sich an die mühevolle Arbeit und richtete den Balg zu.

Dann kam der dritte Tag, und als Ramupulga von seinem Streifzug zurückkehrte, fand er seinen Patienten an einen Baum gelehnt sitzend vor. Das Fieber war gewichen, und Pjotr lächelte dem Tungusen dankbar entgegen.

„Seid ihr gute Freunde geworden, während ich krank war?“ fragte er, auf den Wolf zu seinen Füßen deutend, „du und der Geisterwolf?“

Ramupulga sah den Russen groß an, voll Mißbilligung und ein wenig fremd. „Der Konstantin Petrowitsch und du, ja!“

sagte er dunkel, „ihr habt die Kraft! Mit unsereinem wird Bjelui nie Freund; vielleicht ist er friedlich, solange Ihr dabei seid, ja; Freund nie!“ Darauf machte er sich am Feuer zu schaffen; es war ihm nicht ganz wohl zumute, als er hörte, wie hinter ihm Pjotr leise lachte und mit dem Wolf sprach.

9. Kapitel

Pjotr erholte sich nun sehr schnell, und nach weiteren anderthalb Tagen fühlte er sich stark genug, von sich aus einen Jagdausflug zu unternehmen.

„Wir wollen eine Weile hierbleiben“, schlug er dem Tungusen vor. „Wir haben noch keine Eile, und ob wir nun in Tagesmärschen durch die Taiga streifen oder immer wieder zu einem Punkt zurückkommen, das dürfte gleich sein.“

Ramupulga war einverstanden. „So kann auch stets ein Teil der Ausrüstung zurückbleiben“, stimmte er zu. „Du findest hier in dieser Gegend die verschiedensten Tiere — Marale, Bären, aber hüte dich: Tiger und Irbisse auch!“

Der Russe nickte. „Heute will ich nur mein Bein ein wenig üben!“ entschied er. „Der Wolf wird mitlaufen; bevor die Sonne untergeht, sind wir zurück.“

Und so zogen sie los. Der Russe hinkte noch beträchtlich, und das Gewehr, seine einzige Last, hinderte jede seiner Bewegungen. Er ersetzte durch Energie und Willen, was sein Körper noch nicht erlauben wollte. Und so vergaß er seine Behinderung. Der Tag war schön. Der Himmel zeigte sich frei von Wolken, die Sonne stand schon hoch, doch sie brannte nicht, und im Schatten der mächtigen Bäume blieb es angenehm kühl. Pjotr ging langsam. Hin und wieder blieb er stehen, schaute zurück. Da sah er hoch am Firmament, Punkten gleich, große Vögel ihre Kreise ziehen. Bevor er noch das Glas ansetzte, wußte er, daß es Geier waren. Sie schwebten über der Stätte, die der Waldbrand verheert hatte. Eure Arbeit müßte längst schon beendet sein, dachte Pjotr, aber ihr trennt euch halt auch schwer von einem Ort, wo es euch gut ergangen ist. Sein Glas verriet ihm, daß es Kuttengeier waren, in dem einen glaubte er einen Bartgeier zu erkennen, doch er war seiner Sache nicht vollkommen sicher. Bei beiden Arten mußte er sich wundern, sie so weit nordöstlich anzutreffen.

Und Pjotr ging weiter. Er kümmerte sich kaum um den Wolf, oder vielleicht besser: er gab sich den Anschein. Er wollte seinen neuen Freund kennen und begreifen lernen und wählte dazu den Weg, der ihm der einfachste zu sein dünkte: er ließ das Tier tun, was es wollte. Er rief es nicht, wenn es vorauslief oder gar für eine Zeitlang verschwand. Er nahm kaum Notiz, wenn sich hin und wieder der mächtige Wolfsschädel gegen seine Hand preßte. Und er lächelte nur, wenn die grünen Lichter sich fragend auf ihn richteten.

Das verwirrte Bjelui. Er verstand den Weißen nicht. Seit er sich ihm angeschlossen hatte, erwartete er von seinem Herrn Anweisungen. Er hatte ihn, unbewußt, als den Überlegeneren anerkannt, war ihm gefolgt, hatte seine Nähe gesucht. Sein Herdentiertrieb, der auch in dem als Einzelgänger Aufgewachsenen instinktiv Macht besaß, erwartete vom Leittier Führung. Und diese Führung blieb aus.

Lief er voraus, so tat er das in förderndem, wölfischem Trab und rannte nicht wild drauflos. Kam er zurück, so schritt er gemessen, alle Sinne gespannt, und zwölf oder fünfzehn Schritt vor dem Weißen hielt er an. Dann sahen seine Lichter zu dem Manne auf und baten um Zustimmung oder Ablehnung. Ja, so versuchte der Wolf, ein Bild über Pjotr zu gewinnen, versuchte auf seine Art aus dessen Benehmen ihn

begreifen zu lernen. Doch der Weiße sah ihn nur lächelnd an. Lächeln aber verstand Bjelui nicht. Wohl mochte er fühlen, daß es Güte, Zuneigung verkörperte, in seine Welt übertragen konnte er es nicht. So war es keine Führung, und der Wolf war ratlos. Schließlich lief er nur noch dicht neben seinem Herrn, den Kopf gesenkt. Sein Interesse für die Umwelt schien erloschen.

Da setzte sich der Mann an den Fuß eines großen Baumes nieder, streckte sein verletztes Bein von sich, legte es bequem. „Bjelui", sagte er leise, „ich glaub, wir machen etwas falsch, wir erwarten voneinander Zeichen des Verständnisses und können uns nicht verstehen. Was meinst du, mein Freund?" Und während er dem Wolf die Hände entgegenstreckte, duckte das Tier sich nieder, kroch ganz dicht heran und legte seinen Kopf in den Schoß des Menschen. Befriedigt schnaufte er auf, und seine Lichter kniff er zusammen. Nur die Lauscher spielten und fingen jedes Wort der unverständlichen Menschensprache auf. „Weißt du, Bjelui, ich hab schon allerlei Tiere gehabt, aber die waren alle ganz anders als du, denn sie waren zahm. Dann habe ich wieder Tiere gesehen, beobachtet — doch auch die hatten nicht viel Gemeinsames mit dir, sie waren wild. Du bist noch nicht zahm und nicht mehr wild. Was bist du eigentlich? Ein schönes Tier, ein Wolf, der seine Art verriet — ein unverständliches Geschöpf! Du bist bei den Menschen, zu denen du gar nicht gehörst; du tust dasselbe, was Brüder von dir vor vielen tausend Jahren taten: du willst Hund werden. Das weißt du natürlich nicht. Ein Weißer, dessen Artgeruch noch in deinem Gedächtnis spukt, hat dich aufgezogen, hat dich gut behandelt. Er hat dir dafür etwas genommen, ohne daß du es bemerktest — die Fähigkeit, mit deinen Brüdern zu leben. Er hat dich zum Einzelgänger gemacht und dich an seine Art gefesselt. Schlimm, nicht wahr, mein Wolf? Denn du mußtest lange allein sein, bis ich kam, ein Weißer wie jener, ein Wesen der Art, der du dich angeschlossen hattest.

Aber das verstehst du ja alles nicht. Du warst allein und wolltest nicht allein sein. Und dann kam ich, du fühltest dich zu mir hingezwungen, der Grabhügel verlor seine Bedeutung, und du folgtest mir. Das ist schön, und ich danke dir für deine Anhänglichkeit. Doch nun, mein Wolf, ich habe Hunger — was sagst du dazu? Hier ist ein Stück Fleisch, vorzüglich nach Tungusenart gebraten, wollen wir teilen?"

Aus einem pergamentartig gegerbten Lederbeutel nahm der Russe ein großes Stück Fleisch. Mit seinem Messer teilte er es redlich in gleichgroße Teile, während der Wolf voll Aufmerksamkeit ihn beobachtete. „Das eine Stück ist für dich! Und nun wollen wir mal deine Manieren prüfen!" Während Pjotr das sagte, schnitt er einen würfelförmigen Brocken ab und reichte ihn dem Wolf auf der flachen Hand hin. Bjelui streckte gehorsam den Fang vor und beroch das Gebratene umständlich. Er zögerte, sah prüfend den Weißen an, und endlich, mit unwahrscheinlicher Vorsicht, nahm er das Stück Fleisch. Aber er schlang es nicht hinunter, er kaute es nicht. Mit zurückgezogenen Lefzen hielt er er zwischen den Vorderzähnen. Unentschlossen stand er da; und dann ließ er den Fleischbrocken fallen.

Pjotr war verdutzt, doch er lachte. „Gebratenes, mein Freund, scheinst du nicht zu lieben. Nun, ich besorg dir nachher was anderes. Aber jetzt gestatte, daß ich esse."

Und der Russe machte sein Versprechen wahr. Denn kaum hatten sie ihren Weg fortgesetzt, als ein Hase vor ihnen flüchtig wurde. Doch Pjotrs Kugel war flinker als Langohrs Haken. —

Der Wolf näherte sich langsam der Beute, er zögerte ein

wenig, doch jetzt stand er über ihr. Seine Lichter blickten hinüber zu dem Russen, kalt, hungrig, wild. Als der Russe sich näherte, drang ihm ein leises, warnendes Grollen entgegen. Pjotr blieb stehen. Da schnitt der Wolf die Beute an. Er zerriß sie. Mit beiden Vorderläufen sprang er drauf, und im gleichen Augenblick zog er ruckartig den Fang zurück, der sich fest in den Pelz des Opfers gegraben hatte. Ununterbrochen drang das Grollen aus seiner Kehle, verlor seine Warnung, wurde lauter, wuchs zur Drohung.

Den Weißen belustigte das. „Du bist wahrlich bei weitem nicht so zahm, wie ich anzunehmen wagte. Du bist wirklich eher noch wild. Zubereitetes Fleisch magst du nicht; bei rohem kommen alle deine ungebändigten Eigenschaften durch. Ein reizendes Tierchen bist du! Das muß ich sagen."

Es dauerte nur einige Minuten, dann hatte der Wolf seine Mahlzeit beendet. Übrig blieben ein paar zerbissene Knochen und das zerfetzte Fell. Bjelui leckte sich sorgfältig den Fang, wobei er seine Augen aufmerksam auf Pjotr richtete. Dann, als sei nichts geschehen, als habe er ihn nicht vor wenigen Augenblicken angegrollt, kam der Wolf auf Pjotr zu und rieb seinen Kopf an dessen Hand. Der Russe nickte gutmütig.

„Na, denn komm schon!" sagte er. „Das wird halt bei euch so Sitte sein!"

Und langsam machten sich die beiden auf den Heimweg.

10. Kapitel

Leise knisterte das Feuer, um das der Tunguse, Pjotr und der Wolf lagen. Sie waren alle drei müde, doch nur Bjelui schlief; die Männer sahen ins Feuer, und der Russe rauchte seine Pfeife. Da begann der Tunguse wieder einmal zu erzählen:

„Er war in dieser Gegend hier, 28 Werst gen Ost oder so, und ich war noch ein junger Bursche, kaum daß der Alte Ehrwürdige es mir erlaubte, ein Gewehr zu tragen. Da machte ich zum ersten Male Bekanntschaft mit einem Irbis.

Du darfst den Schleicher nicht für selten halten, wenn ich sage, ich hätte bis dahin noch keinen gesehen. Er ist auch nicht etwa furchtsam und scheu. Doch er ist ein Gesell, der die Heimlichkeit liebt.

Mein Bruder Embo ist ein paar Jahre älter als ich, und er war zu der Zeit schon ein begeisterter Jäger. Da kam er eines Tages: ‚Du mußt mir helfen, Ramupulga!' sagte er kurz. ‚Du hast ein Gewehr und könntest mir nützlich sein!' Ich war immer bereit, wenn Embo etwas von mir wollte. ‚Da ist droben bei dem Felskopf, wo die vielen Krähen sind, eine Irbismutter mit zwei Jungen. Das eine will ich haben. Was mit Tigern geht, müßte auch mit einem Irbis möglich sein. Und einen Irbis hat keiner.'

Vielleicht hast du schon davon gehört, Pjotr: unter den wenigen Seßhaften meines Volkes gibt es hier und dort einen, der sich ein Tigerjunges aufgezogen hat als Wächter. Die Tiger werden ganz zahm, wenn jemand mit ihnen umzugehen versteht; aber das ist selten.

Jedenfalls wirst du dir vorstellen können: Embos Vorhaben erschreckte mich sehr! Von der Gefahr ganz abgesehen — der Irbis ist, wenn er angegriffen wird, ein Kämpfer bis zum letzten Atemzug — was würde der Alte Ehrwürdige sagen? Doch da ich aus Erfahrung wußte, wie wenig das meinen Bruder kümmerte, wenn er sich in einen solchen Plan verrannt hatte, so schwieg ich denn. Aber ein lebender Irbis als Wächter — nein, begeistert war ich nicht. Ich schluckte meine Angst hinunter und untersuchte im Gehen mein Gewehr. Das sollte mir Mut machen. Und der war nötig. Hatte ich ganz im geheimen gehofft, die Alte möge auf einem Jagdzug sein, so wurde ich bald durch den Augenschein vom Gegenteil überzeugt: Da war eine große, ebene Felsplatte, worauf Mütterchen Irbis lag, flach auf die Seite gestreckt, und sich die Sonne auf den Pelz scheinen ließ. Und wie zwei junge Hunde, so klein, rauften sich die Jungen, kletterten über die Mutter, purzelten als Fellkugeln herunter und fauchten und mauzten, daß wir es gut bis zu uns herunter hören konnten.

Und von diesen allerliebsten Kinderchen wollte mein Bruder eines haben! Ich sah's ihm an: er schien alles in bester Ordnung zu finden. ‚Wir müssen warten!' entschied er. ‚Zwar könnten wir die Mutter schießen, doch ihr Fell ist jetzt nichts wert, und außerdem müßten wir dann den einen der Kleinen töten. Das will ich nicht. Und ich habe auch nur noch acht Patronen, der Alte Ehrwürdige gibt mir keine mehr.'

Das war verständlich. Munition ist knapp hier oben und teuer. Mein Bruder aber verbrauchte, soviel er bekommen konnte. So zogen wir uns zurück, um auf eine günstige Gelegenheit zu warten. Embo hatte nicht schlecht gerechnet. Kaum, daß die Sonne sich ein wenig mehr senkte, da reckte sich Mütterchen Irbis, und kurz drauf war sie im Dickicht verschwunden. Die Jungen hatten sich in einen Winkel zwischen zwei Gesteinstrümmern verkrochen, wo sie friedlich nebeneinanderlagen und aufmerksam zu lauschen schienen. Wir ließen eine Weile verstreichen. Plötzlich sagte mein Bruder: ‚Jetzt! Sie muß weit genug fort sein. Das Dunkle außen, das will ich!'

Es war gar nicht so leicht, des kleinen Biestes Herr zu werden. Zwar konnte es noch nichts mit seinem Gebiß anfangen, seine Pranken jedoch wußte es schon ordentlich zu gebrauchen. Uns beiden bluteten die Hände, bis wir den kleinen Teufel mit Riemen gefesselt und wehrlos gemacht hatten. Embo hatte er außerdem die ganze Jacke zerfetzt. Sein Geschwisterchen saß derweil fauchend in einer Ecke, aber sein Mut langte nicht, dem anderen zu Hilfe zu eilen. Nun, wir luden den Kleinen auf und liefen so schnell davon, wie es nur ging. Embo hatte beide Gewehre, und ich trug den Irbis. Er mauzte kläglich!

Weit sind wir nicht gekommen. Plötzlich war Mutter Irbis vor uns; rasend vor Wut, fauchend kauerte sie sich zusammen. Im nächsten Augenblick würde sie springen.

Das war wohl das einzige Mal, wo Embo, mein Bruder, der große Jäger, wirklich Angst bekam.

Ich ließ den kleinen Irbis fallen und rannte. Auch mein Bruder dachte nicht ans Schießen, er rannte mir hinterher. Später hat er sich gewaltig geschämt. Und er ist dann auch zurückgegangen; aber da war der kleine Teufel verschwunden. Embo fand nur die zerrissenen Lederriemen. Mütterchen Irbis mußte zuerst ihr Junges befreit haben, so daß sie nicht daran dachte, uns zu verfolgen. Und das wird unser Glück gewesen sein!" schloß Ramupulga die Geschichte lächelnd. „Es hat nie einen zahmen Wach-Irbis gegeben, jedenfalls bei uns nicht!"

11. Kapitel

Aus dem Ablauf der folgenden Tage prägte sich besonders ein Erlebnis unverlöschlich Pjotrs Gedächtnis ein; und das war, als er mit Bjelui zusammen die Bärenfamilie beobachtete.

Der Wolf und der Mensch waren einander ein gutes Stück nähergekommen. Während ihrer täglichen, weitausgedehnten Wanderungen zu zweit oder zu dritt beobachtete der Russe an dem herrlichen, selbständigen Tier immer wieder

Züge erstaunlicher Rücksichtnahme. Bjelui hatte doch die größte Zeit seines Lebens ohne menschliche Führung als Wildtier zugebracht; ein Leben, das besonders für den Einzelgänger manches Mal schwer gewesen sein muß und ihn auf Proben gestellt haben wird, da blitzschnelles Handeln zwischen Tod und Leben entschied. So wäre vielleicht zu erwarten gewesen, daß der Wolf wohl die Nähe des Menschen suchte, jedoch sein Leben keinesfalls diesem unterzuordnen wünschte. Trotzdem erkannte Pjotr aus vielen Einzelbegebenheiten das gerade Gegenteil. Bjelui hielt sich stets in seiner Nähe; selbst wenn er Hunger hatte und leicht erlegbares Wild in Reichweite war, so beherrschte er sich und machte nicht in blitzschneller Hatz Beute. Er fühlte, daß Pjotr gerade dies auf keinen Fall wollte, und er begriff, daß der Russe die Sorge für seine Nahrung übernommen hatte. Obwohl er ja niemals verstehen konnte, warum der manchmal ein, zwei Stunden lang ruhig an einem Fleck verharrte, beispielsweise um ein Rudel Rehe zu beobachten, so blieb Bjelui trotzdem an seiner Seite und tat von sich aus nichts, das Schauspiel, das sein Herr genoß, zu stören. Ja, manchmal mußte er seinen Instinkt, dessen Warnungen und Befehle mißachten, mußte sein ganzes Tiervertrauen in den Menschen setzen. Das tat der Wolf ohne Zögern und baute fest auf die Überlegenheit seines menschlichen Freundes.

Da waren eines Tages der Russe und Bjelui allein unterwegs. Das Wetter zeigte sich gerade an diesem Tag wenig angenehm. Diesig war's, die Berge hatten ihre Gipfel verhüllt; und hin und wieder fiel Regen. Pjotrs Lederkleidung saugte das Wasser auf und hing schwer an seinem Körper; nichts Außergewöhnliches reizte seinen Blick. Die Wiesen und Matten waren von unnatürlichem Grün, denn die Blumen, die ihnen sonst farbenvolle Lebendigkeit verliehen, hatten ihre

Blütenköpfe gesenkt, um sie vor allzu großer Feuchtigkeit zu schützen. Die Käfer und Schmetterlinge waren längst schon schutzsuchend unter großen Blättern verschwunden; nur Moskitos schwirrten sirrend zwischen den Bäumen und erhoben sich zu Schwärmen im freien Feld. Bjelui trabte zwar getreulich an der Seite seines Herrn, aber deutlich genug ließ er sich's anmerken, daß er einem trockenen Platz entschieden den Vorzug geben würde.

Pjotr blieb stehen. „Du hast recht", sagte er zu dem Wolf, „alle Lebewesen verkriechen sich, und wir, die wir sie suchen, treiben uns hier herum. Komm, gehen wir zurück zu Ramupulga!" —

„Nanu, was ist jetzt?"

Seinen Kamm aufgestellt, duckte sich der Wolf, sog die Luft ein, scharf und prüfend, wandte ein paarmal den Schädel hin und her, und dann hatte er die Richtung fixiert. Seine Lauscher vorgewölbt, bohrten sich seine Augen in das Dickicht der Berglehne voraus. Ein wenig erschrocken suchte Pjotr zu entdecken, was Bjeluis Scharfsinn ausgemacht hatte. Obzwar die Entfernung nicht groß war — der Russe schätzte auf dreihundert Schritt — zeigte sich ihm keine Bewegung, kein Lebewesen. Umkehren? Nein, erst mußte die Berglehne ihr Geheimnis preisgeben. Vorsichtig schritt Pjotr voran, zögernd folgte der Wolf.

Plötzlich kam es aus dem dichten Buschwerk hervorgeschossen: zwei dunkelbraune, wollige Jungbären. Auf achtzig Schritt herangekommen, blieb Pjotr wie festgewurzelt stehen; der Wolf aber drückte sich gedankenschnell ins Gras, nur die Lauscher, die Lichter und die Nase hielt er gerade noch über den Spitzen der Halme.

Das war ein Wunschtraum, der Pjotr jetzt in Erfüllung ging: Jungbären in freier Wildbahn. Ganz langsam ließ er sich zu Boden gleiten, bis er dicht neben Bjelui kauerte. Dann, im Schutz des knietiefen Grases, taten seine Hände etwas, was dem Hirn wahrscheinlich gar nicht recht bewußt wurde. Denn die Augen waren unverwandt drüben bei den Bärenjungen, und das Herz klopfte dem Manne wild. Sein Jägerinstinkt aber hatte für ihn gehandelt; der wußte, wo junge Bären sind, da ist die Alte nicht weit, und daß führende Bärinnen oft und anscheinend grundlos in blinder Wut angreifen — alles Fremde und besonders Menschen. Da hatten seine Hände das Gewehr entsichert und eine der schweren Kugelpatronen aus dem Magazin in den Lauf gleiten lassen.

Die Alte war jedoch weder zu hören noch zu sehen, und die beiden Bärenkinder rauften voll Wonne und überströmender Lebenskraft. Sechzehn Wochen mochten die Racker alt sein, stellten kaum mehr dar als kleine, struppige Pelzkugeln, aus denen tapsige Pfoten hervorstanden, gleichsam nicht dazugehörig. Doch wie sie diese Pranken schon benutzen konnten! Blitzschnelle Hiebe versetzten sie einander, umklammerten sich, wälzten sich auf dem Boden, und dabei machten sie ein fürchterliches Getöse. Wie kleine Schweine quietschten sie, keckerten erbost, und zwischendurch kamen die ersten Versuche, tief und bärenhaft zu brummen.

Schlimmer als die Pranken war das nadelscharfe Milchgebiß, das zuschnappte, wo nur immer es packen konnte. Ein Glück: zumeist war's der Pelz, den sie sich zerzausten, doch so ernsthaft, so wild vertieften sie sich in ihr rauhes Spiel, daß Pjotr Mühe hatte, ein lautes Lachen zu unterdrücken. Und plötzlich war's kein Spiel mehr: der eine hatte sein Geschwisterchen am Ohr erwischt, hart schlugen die weißen Nadeln zu, und der Kleine schrie erbärmlich. Sein Bruder stutzte, zauderte, stemmte sodann alle vier Pranken fest ins Gras und zog und zerrte aus Leibeskräften.

Das Geschrei rief Mutter Bär herbei, brummend brach sie aus dem Busch, und ihr Erscheinen änderte die Lage: während das Opfer brüderlicher Roheit ihr klagend entgegenlief, suchte der Übeltäter schleunigst den Abstand zwischen sich und der Mutter zu vergrößern. Beiden half es nichts. Im Vorübergehen erhielt der Mißhandelte seine Ohrfeige, purzelte ins Gras und war sofort still. Mit ein paar Schritten hatte sie den anderen eingeholt und ohrfeigte ihn nun brummend vor sich her, bis auch er neben seinem Geschwisterchen saß.

Ohne vorheriges Anzeichen wurde mit einem Male das Idyll zerstört. War ein unrechter Windstoß schuld daran? Auf der Hinterpranke drehte sich die Bärin herum und stand steil aufgerichtet, gesammelt und wachsam. Im selben Augenblick drückte sich Bjelui flach auf den Boden. Da wußte Pjotr, daß diese plötzliche Handlung ihnen galt, und auch er preßte sich nieder, machte sich so flach, wie er konnte. Sein Herz klopfte wild: Wenn bloß die Bärin nicht angreift! Nicht Angst um sich jagte ihm diesen Gedanken durch den Kopf — auf seine Mauser wollte er sich wohl verlassen — vielmehr die Sorge um die Jungen und das Empfinden des ritterlichen Jägers dem führenden Muttertier gegenüber.

Mehrere Minuten verstrichen, während deren sich keiner der beiden bewegte. Pjotr lauschte angestrengt auf näherkommende Tritte und beobachtete Bjelui, um aus dessen Verhalten Schlüsse ziehen zu können. Der Wolf rührte kein Glied. Seine Lauscher spielten, und seine grünen, harten Lichter versuchten, das Gewirr der Halme zu durchdringen. Jede Muskelfaser seines Körpers schien gespannt, bereit zu schnellem Einsatz.

Das hielt Pjotr nicht mehr aus, unendlich langsam und vorsichtig hob er den Kopf. Da stand die Bärin noch immer in gleicher Haltung, hochaufgerichtet, und ihre spitze Schnauze schien geradenwegs auf ihn zu weisen. Schnell duckte sich der Mann wieder. Hatte er sich jetzt verraten? Aber nichts geschah, während die nächsten Minuten in nicht endender

Langsamkeit verstrichen. Pjotr war sich selbst bitterböse: so hatte er in seiner dummen, menschlichen Neugier das Tier herausgefordert. Griff es nun wirklich an, handelte es nur nach seinen instinktmäßigen Gesetzen, die er, der Mensch, hätte kennen sollen. Und mußte er es töten, so war das wiederum allein seine Schuld.

Da bemerkte er, wie sich Bjeluis Muskeln langsam entspannten. Nur Gutes konnte das bedeuten, und er mußte sich zwingen, nicht aufzuspringen. Behutsam durch die Spitzen der Halme lugend, sah er nur die breite Rückenpartie der Bärin; und hinter ihr trollten die beiden Jungen, die es schon wieder nicht lassen konnten, sich gegenseitig zu knuffen und anzurempeln. Pjotrs Hand tastete sich zu dem Wolf und fuhr ihm zärtlich durch die Mähne. „Du bist ein sehr, sehr kluges, gutes Tier!" murmelte er, und Bjelui grollte ebenso leise seine Antwort.

12. Kapitel

Wenige Tage nach dem Bärenerlebnis waren sie zu dritt unterwegs, und Ramupulga führte. Er hatte Pjotr versichert, ihn zu einem Einstand außergewöhnlich schöner Marale führen zu können, nur: der Marsch würde ziemlich unangenehm sein. Pjotr war zuerst nicht begeistert; er kannte, was der Tunguse als unangenehm zu bezeichnen liebte: das Urwaldgestrüpp, wo kein halbwegs Vernünftiger versuchen würde, durchzukommen. Trotzdem erfüllte ihn gerade dieser Umstand mit großer Hoffnung. So selten wie der starke Hirsch ist, so heimlich ist er auch und läßt ungern Einblick in sein Einsiedlerleben gewinnen. Obwohl er kaum einen Feind zu fürchten hat, solange er nicht krank oder behindert ist —

denn selbst der Tiger läßt ihm seinen Frieden, und der Wolf wagt einen Angriff nur im Pack — sucht er noch den Schutz der Dunkelheit. Sollten die Starken in Ramupulgas Einstand eine Ausnahme machen? Der Maral, obzwar um die Hälfte größer und durch das weitausladende, endenreichere Geweih um vieles wehrhafter, ist seinem europäischen Verwandten, dem Rothirsch, in Lebensweise und Gewohnheit verwandt. Unbelästigt, sein Vorrecht als Stärkster von keinem Lebewesen bestritten, wird er leicht anmaßend und sorglos. In wirklich unzugänglichem Gelände, abseits tungusischer Jagdreviere, ungestört selbst von fremden, durchziehenden Artgenossen, ist es nicht ausgeschlossen, den schwarzbraunen Riesenhirsch im Sonnenlicht äsend anzutreffen. Also: ein möglicher Erfolg würde jeden noch so anstrengenden Marsch lohnen.

Der Weg führte aufwärts; es galt, eine wohl 150 Meter hohe Bodenwelle, dem eigentlichen Berg vorgelagert, zu überqueren, die nur von mäßig dichtem Unterholz, durchsetzt mit wenigen Baumgruppen, bestanden war und keine eigentlichen Schwierigkeiten bot. Sollte es das sein, was der Tunguse als „unangenehm" bezeichnet hatte? Pjotr wunderte sich im stillen, aber die Belehrung kam schnell. Sie hatten den Kamm des Hügels erreicht. Die Hänge des Berges geradeaus waren wohl zwölf-bis fünfzehnhundert Meter entfernt; dazwischen lag ein Tal, dessen Hänge, so konnte man ahnen, muldenartig sanft sich neigten, um genau so drüben wieder auzusteigen. In diesem Tal breitete sich ein undurchdringliches Gewirr von Buschwerk, Ranken, Dorngestrüpp und übermannshohen Stauden aus. Da konnte man keine einzelne Pflanze mehr unterscheiden, keinen Strauch: das bildete eine einzige unentwirrbare Masse!

„Das also hast du mir zugedacht!" brummte Pjotr. Sein

Blick war, in einer Mischung von Zorn und Lachen, auf dem Tungusen gerichtet. Ramupulga rührte das nicht. „Wir müssen uns hier durchhacken!“ erklärte er trocken. „Das ist die schmalste Stelle — es sei denn, du ziehst einen viereinhalbtägigen Fußmarsch vor.“

„Los!“ sagte Pjotr.

Sie wechselten sich ab. Einmal arbeitete der Weiße, daß der Schweiß ihm auf Brust und Stirne stand, dann wieder schaffte Ramupulgas Messer Bahn. Hinter ihnen, aufmerksam wie stets und anscheinend höchst interessiert an der Plackerei der Männer, folgte Bjelui.

Die Männer mußten sich, um vorwärts zu kommen, stellenweise einen Tunnel in das Gewirr toter und lebender Gewächse schlagen. Es war dumpf und feucht, roch nach Moder, und das grüne, dichte Dach der Blätter schloß jeden Sonnenstrahl aus. Hin und wieder stießen sie auf einen Wildwechsel, der ihnen den Marsch erleichterte, bis er im rechten Winkel zu ihrer Wegrichtung abbog. Pjotr hatte dabei — zum wievielten Male schon? — Gelegenheit, den untrüglichen Orientierungssinn des Naturmenschen zu bewundern. Des öfteren prüfte er an Hand seines Kompasses die Richtung, nur um festzustellen, daß der Tunguse auch ohne Ausblick auf Himmel oder irgendwelche Landmarken nicht im geringsten irrte, ja, war er selbst an der Reihe, das Messer zu führen, so mußte Ramupulga ihn leiten — ihm sah das grüne Gerank nach allen Seiten gleich aus. —

Wieder einmal befanden sie sich auf einem Wildwechsel, einem breiten, ausgetretenen Pfad, der fast schnurgerade dahinführte — ganz ungewöhnlich für einen Wechsel — und viel benützt schien. Der Wolf war vorausgelaufen, und die Männer gingen dicht beisammen. Da hörten sie ein leises Husten hinter sich.

Der Weiße hätte es vielleicht überhört, Ramupulga reagierte blitzschnell: schon hielt er das entsicherte Gewehr in halbem Anschlag. Auf Pjotrs erstaunten und fragenden Blick schüttelte er nur ärgerlich den Kopf. So blieb dem Russen nichts anders übrig, als dem Beispiel seines Freundes zu folgen.

Angestrengt lauschten die Männer, und ihre Augen versuchten, das grüne Gewirr zu durchdringen. Bis eben hatte es hier und dort geraschelt, hatten Vögel gesungen, und auf dem ganzen Weg hatte der melancholische Ruf des Grauspechtes sie begleitet. Jetzt aber war es still, selbst der Waldammer, der unermüdliche Warner, schwieg, und jedes Lebewesen verhielt den Atem.

Was ist so unheimlich, um eine solche Wirkung hervorzurufen? fragte sich der Weiße. Sogar sein Wolf war mit einemmal neben ihm und schmiegte sich an sein Bein. Alle Lebewesen um Pjotr kannten die Gefahr, nur er nicht.

Da war ein Schädel: dicht an den Boden hingeduckt, lauerte er unter einem buschigen Ast hervor. Gelbbraun schimmerten seine Lichter über die Entfernung von vielleicht zwölf, fünfzehn Schritten, und noch immer glaubte er sich nicht entdeckt. Die Maske des Gesichts war fast schwarz, und die Zeichnung leuchtete dagegen gelblichweiß: ein Tiger. Pjotr gefror das Blut; doch langsam, unendlich langsam, um den gestreiften Fürsten nicht zu reizen, keinen plötzlichen Angriff herauszufordern, hob er das Gewehr.

Im selben Augenblick mußte Ramupulga den Tiger erspäht haben, denn mit einem geheimnisvollen Lächeln wandte er sich an Pjotr. „Nicht schießen“, sagte er leise, „bleib still, er wird nicht angreifen!“

Und so langsam, wie er das Gewehr gehoben hatte, ließ der Russe es sinken. Seine Augen aber blieben an dem Tiger haften, der wie eine wißbegierige Katze aus seiner Deckung herauslugte. Seine Lichter schienen groß und klar und in überlegener Ruhe auf die Männer gerichtet.

Als die Großkatze so die Augen der Menschen auf sich gerichtet sah, da fauchte sie leise. Es war nicht drohend, verlegen eher, ein wenig befremdet vielleicht. Zwei Wesen, die sie nicht kannte, blieben stehen und starrten sie an. Alles, was lebt, floh sonst vor ihr. Waren sie stärker? Prüfend sog der Tiger die Witterung ein, stieß rasselnd den Atem aus. Konnte man ihnen Angst machen? Anscheinend nicht, die beiden blieben ruhig stehen! Da schob sich der Tiger zurück, tiefgebückt, und mächtig spielten die Muskeln unter dem gestreiften Pelz seiner Pranken. Zentimeter auf Zentimeter verschwand sein schöner Kopf, einmal noch drang das Rasseln aus seiner Kehle zu den Männern herüber, doch der Platz an der Wurzel des Busches war leer.

„Der schweifende Fürst, der rätselvolle Herr!“ sagte Ramupulga, seine Stimme war gedämpft und voller Bewunderung. „so ist er! Wir hatten ihn Aug in Aug — und er war nur neugierig. Nun aber sei auf der Hut; er hatte Angst! Schämt er sich dieser Angst, dann greift er an — jetzt gleich, in einer Weile, wer weiß!“

Pjotr überlegte die Worte des erfahrenen Freundes. „Hätte ich also besser geschossen?“ fragte er. Der Tunguse schaute ihn eigentümlich an. „Wozu?“ erwiderte er leise, „du kannst ja immer noch schießen, — wenn's nötig ist!“ Und gleichsam als Nachtrag zu seinen Gedanken fügte er hinzu: „Achte auf Bjelui; er wird's dir sagen, wenn der Tiger kommt!“

Als sie ihren Marsch fortsetzten, bemerkte der Russe, daß auch Ramupulga den Wolf ständig im Blickwinkel hielt. Es war die erste Sympathiebezeugung, die der Tunguse Bjelui zuteil werden ließ, und Pjotr freute sich darüber. Der Wolf blieb ruhig; unbekümmert trabte er dahin, mit dem gelockerten, federnden Gang des Wildtieres, seine Sinne prüften gewohnheitsmäßig die Umgebung, machten aber nichts an Erregendem aus. Das ließ auch nach einer Weile die Männer freier atmen, und Pjotr gestand sich, daß er vor dem Tiger zwar keine Furcht gehabt, seine mögliche, unsichtbare Nähe ihm jedoch höchst unbehaglich gewesen sei. –

Über die Wipfel der Tannen strich rufend ein Habichtskauz ab, hoch aus dem Blau her antwortete sein Gefährte. Pjotrs Auge folgte einen Augenblick der Flugbahn der hier seltenen Tageule, um sich darauf seinem Begleiter zuzuwenden.

„Ich hoffe, wir haben den schlimmsten Teil des Weges hinter uns!" bemerkte er.

Sie hatten das letzte Stück des Urgehölzes durchquert und den anschließenden Hang erklommen. Gegen das Ende zu war ihnen das Vorwärtskommen reichlich schwer geworden, besonders Pjotr, dem von der Begegnung mit dem Tiger ein eigentümlich schwaches Gefühl in den Knien zurückgeblieben war. Ramupulgas fröhliches Nicken beruhigte ihn.

„Wir sind da", sagte er vergnügt, „wir brauchen nur langsam diesen Höhenrücken zu durchstreifen und du sollst sehen –"; er lächelte verheißungsvoll.

Sie pirschten los, bedachtsam und vorsichtig, hierhin, dortlang, kreuz und quer. Die Stunden verrannen. Sie sahen Spechte, die eifrig an den knorrigen Stämmen der Fichten hämmerten, und für eine Weile folgte ihnen ein Eichkatz, turnte von Baumkrone zu Baumkrone und besah sich mit seinen pechschwarzen Äugelchen neugierig die fremde Gesellschaft. Den Höhepunkt aber bildete ein Rehbock, der wild einen Haselbusch forkelte. Einen Maral sahen sie nicht.

Selbst der erfahrenste Jäger braucht Glück; Pjotr wußte das von Unternehmen, bei denen er der Führer gewesen war, der seine Voraussagen nicht wahrmachen konnte, weil das Wild all seiner Erfahrung trotzte. Und als er sah, wie das Gesicht seines Gefährten immer verschlossener wurde, mußte er ihm den Mißerfolg überwinden helfen und von sich aus die hoffnungslose Pirsch unterbrechen.

„Ich hab Hunger", sagte er nur.

Ramupulga war mit der Rast von Herzen einverstanden. Proviant führten sie mit sich, ein wohl vier Pfund schweres Stück rohes Fleisch extra für den Wolf. Schweigend aßen die Männer, und Ramupulgas Augen waren dabei in unbestimmbare Ferne gerichtet; er grämte sich. Pjotr beobachtete ihn eine Weile, worauf er in harmlosem Ton vorschlug: „Der Tag ist bald zu Ende. Es war heiß heut, zu heiß für Großwild, das dann die Zeit in seinen Verstecken verschläft. Aber können wir nicht die Nacht über hierbleiben? Und gegen Abend stellen wir uns bei der Matte am Abbruch an."

Der Tunguse nickte, und so war's beschlossen. Nach dem Essen legten sich die Männer zurück, und erst jetzt merkte Pjotr, wie weh ihm wiederum sein wundes Bein tat.

Nach drei Stunden erholender Rast machten sich die beiden an ihre Vorbereitungen. Der Platz, an dem sie sich befanden, war gut zum Lagern geeignet, denn Wasser gab es in der Nähe, auch war er genügend weit von dem Abbruch entfernt, an dem sie Anstand beziehen wollten. Daher richteten sie eine kleine Feuerstelle und sammelten hinreichend trockenes Holz. Zum Schluß nahm Ramupulga ihre Rucksäcke und hängte sie an einen niederen Ast. „Zuviel Getier, das sich für den Inhalt interessieren könnte!" meinte er.

Vor Einbruch der Dämmerung hatten sie die Blöße erreicht und machten es sich bequem. Ein paar abgestürzte Felstrümmer boten günstige Verstecke, und der Wind stand von der ganzen Breite der Wiese her auf sie zu. Pjotr untersuchte die Umgebung genau durch sein Glas: da schloß zur Linken Buschwerk die Lichtung beinahe schnurgerade ab; im Rücken hatten sie den Abbruch, weshalb diese Seite von Anbeginn unwichtig blieb. Die übrigen beiden Ränder aber gingen halbkreisförmig ineinander über, Wiese und Wald waren ohne Überleitung, und das Ganze hatte lauter Ecken und Winkel: hier stand ein vereinzeltes Gesträuch; dort drüben, das waren zwei halbgestürzte Tannen, die in den Ästen einer mächtigen Lärche lehnten, und im Vordergrund war ein Gürtel wirr durcheinandergefallener Bäume zu einem wüsten Wall geworden — ein regelrechter Windbruch.

Pjotr versuchte, sich jede Einzelheit einzuprägen, um bei schwindendem Licht keinen Täuschungen zu unterliegen, doch bald gab er es auf. Der Wolf hatte sich an sein Knie gelehnt, und Pjotr kraulte ihm Nacken und Kopf, derweil seine Augen über die Wiese schweiften. Allmählich wurde es Nacht.

Bjelui bemerkte es zuerst. Er zog seinen Kopf unter der liebkosenden Hand weg und lauschte. Dunkel lag die Lichtung vor ihnen, und schwarz zeichneten sich die Waldränder. In langen Zügen atmete der Wolf, ließ die Luft langsam durch seine Nase ziehen und war anschließend sorgsam bemüht, lautlos auszuatmen. Die Augen hielt er dabei fast vollkommen geschlossen, gleichsam, um sich nicht durch Anstrengen dieses im Augenblick beinahe wertlosen Sinnesorganes ablenken zu lassen. Und dann wies seine Nasenspitze die Richtung, die Augen öffneten sich grün und kalt und durchbohrten den Schleier der Nacht.

Im Winkel bei den gestürzten Tannen und der Lärche zeigte sich ein pechschwarzer Fleck. War er vorher schon dort gewesen? War er nur der Schatten der Bäume? Seine Ränder zerflossen, wurden eins mit dem Hintergrund und lösten seine Gestalt in unscharfe, tiefdunkle Felder . Pjotr wußte nicht zu entscheiden: gehört jener Teil dort noch zu dem Fleck — und dieser bereits zum Hintergrund? Doch folgte er der Richtung von Bjeluis Augen, so wiesen sie genau auf jene Stelle. Reglos blieb es drüben, reglos blieb Bjeluis Kopf; eine Unendlichkeit schien zu vergehen. Pjotrs Augen, gereizt vom angestrengten Starren, begannen zu tränen.

Da löste sich der Schatten. Seine Umrisse traten hervor, und mit weit ausgreifendem Schritt durchmaß ein riesiger Hirsch die Wiesenfläche, in deren Mitte er anhielt. Mit hochaufgerichtetem Haupt, die Krone stolz gereckt, stand er, die Vorderläufe geschlossen, den linken Hinterlauf ein wenig zurückgesetzt. Behutsam hob Pjotr das Glas. Ja, das war ein Maral, einer von jenen, den von zehntausend Jägern vielleicht ein einziger sehen darf. Ausladend streckten sich seine Stangen, und das fahle Licht der Sterne zeigte deren regelmäßig gesetzte achtzehn Enden in ihrer vollen, wuchtigen Schönheit: die Krone des sibirischen Waldkönigs. Und mächtig stand der Körper, der diese Krone trug: breit wölbte sich der Brustkasten, der die unermüdlichen Lungen barg, und tief angesetzt bog sich der schwere, edle Hals zu dem feingeformten Kopf — das ganze Tier ein Eindruck wohlausgewogener, jedoch geballter Kraft.

Den Blicken aller nahen Feinde preisgegeben, verhoffte der Hirsch geraume Weile. Endlich überzeugt, der Herr des Platzes zu sein, senkte er das Haupt und fing an, wählerisch zu äsen. Es war ein Blättchen hier, ein Büschel Gräser dort, was ihn zu reizen schien. Zwischendurch warf er immer wieder auf, sicherte argwöhnisch einige Minuten und ging nur zögernd wieder an sein Mahl. Waren es wirklich Feinde, derentwegen er so wachsam blieb?

Da lösten sich ein paar andere Schatten aus dem Dunkel des Waldes, zogen verhaltenen Schrittes in die Lichtung hinaus: zwei mindere Hirsche mit zwei Kühen und drei Kälbern im Gefolge. Die Kleinen hielten sich zaghaft an der Seite der Mütter, diese wieder in respektvollem Abstand hinter den Hirschen. Der Alte inmitten der Wiese richtete sich auf und äugte den Neuankömmlingen entgegen. Dann warf er das Haupt zurück und kollerte dumpf. Für die Kühe genügte das. Pjotr konnte durch sein Glas sehen, wie sie stehen blieben, ein paar unentschlossene Schritte seitwärts taten und sich darauf still zurückzogen, dem Walde zu. Nicht so die Hirsche. Der eine hatte zwar angehalten, der andere aber schritt ruhig weiter. Wieder kollerte der Alte. Da hob der Eindringling den Äser, legte seine ungerade Vierzehnerkrone in den Nacken und brummte zurück; ein kurzes Brummen nur, nicht allzu freundlich, aber keinesfalls feindselig gemeint. Doch es reichte aus, die kurz bemessene Geduld des Achtzehners zu erschöpfen. Im Stechschritt zog der los, genau bemessen setzte er die schlanken Läufe, schnurgerade ging er dem Eindringling entgegen. Der stockte, stellte sich mit dem Kopf dem Alten zu und mochte es anscheinend für das Beste halten, ruhig abzuwarten. Fünfzig Schritt, dreißig, fünfzehn, acht; wie aus Erz gegossen stand der Alte — eine letzte Aufforderung. Noch immer war der Vierzehner nicht geneigt, sie hinzunehmen, sein Begleiter dagegen, wohl an die zwanzig Schritt in seinem Rücken, hielte es nunmehr für angezeigt, dem Beispiel der Kühe zu folgen.

Wohl Sekunden nur standen sich die Hirsche gegenüber, dann wurde die Spannung für den jüngeren zu groß: er stieg auf der Hinterhand und fuhr mit den Vorderläufen wild schlagend durch die Luft. Im Nu war der Alte heran, stieg und drosch auf seinen Gegner los. Die scharfen Schalen der Läufe schlugen hart auf Schultern und Brustkasten, daß es dumpf zu den dreien herüberklang. Blitzschnell lösten sich die Kämpfenden, nur um fast im selben Augenblick sich erneut anzugehen. Keiner der beiden aber senkte das Geweih. War der Streit nicht ernst genug, diese edle Waffe zu nutzen? Hochgereckt warfen sie sich einander entgegen. Da versetzte der Alte durch eine plötzliche Wendung dem Vierzehner ein paar grausame Treffer auf Kopf und Nasenbein, und unerwartet, wie er begonnen, endete der Kampf. Für Augenblicke standen sich die Rivalen noch gegenüber, darauf trollte der jüngere langsam dem Gehölz zu. Der Achtzehner tat ein, zwei Schritte in seiner Richtung, blieb stehen und kollerte rauh.

Drüben, im Schlagschatten des Waldrandes, verschwand der abgewiesene Hirsch, unentschlossen verhoffte der Sieger; er trat auf der Stelle, hierhin, dorthin, senkte den Äser, warf das Haupt zurück und brummte böse. Keine Ruhe konnte er finden: sein Frieden war gestört. Und schließlich, nach wohl einer halben Stunde, zog er quer über die Wiese zu Holz. Noch einen langen Blick auf seine achtzehn Enden gewährte er dem Weißen, vom fahlen Sternlicht überflutet, das seinen massigen Rumpf desto schwärzer erscheinen ließ; dann tauchte auch er in den Schatten und war verschwunden.

13. Kapitel

„Laß uns gehen!“ sagte Pjotr leise und stand auf. Seine Glieder waren steif vom reglosen Sitzen, und er streckte sich. Der geschmeidige Tunguse lächelte, als er sich erhob und leichten Schrittes voranging. „Habe ich zuviel versprochen?“ fragte er. Der Weiße schüttelte nur den Kopf.

Der Wolf glitt von seinem Platz, auf dem er fast unbeweglich die letzten drei Stunden verbracht hatte, und schmiegte sich an Pjotrs Bein. „Ja“, sagte der und beugte sich zu dem Tier hinab, „ja, du verdienst jedes Lob, du bist der vorzüglichste vierbeinige Gefährte, der mich je begleitet hat.“

Der Lagerplatz war gut vorbereitet, und so brannte schnell das Feuer. Ramupulga nahm den Fleischbeutel aus seinem Rucksack, Pjotr jedoch hob abwehrend die Hand. „Mach nur für dich fertig“, sagte er, „ich esse nichts mehr!“ Dann breitete er seine Decke aus und legte sich hin. „Ich bin furchtbar müde!“ entschuldigte er sich. Der Wolf streckte seinen Körper der Länge nach neben den seines Herrn und bettete seinen Kopf auf dessen Schulter; aber er ließ sich nicht zudecken. Für gewöhnlich war es ein Spielchen zwischen den beiden: Pjotr würde den Wolf zusammen mit sich selbst in die Decke wickeln. Bjelui würde darauf furchtbar knurren und grollen, ohne jedoch um Zentimeterbreite von seinem Lieblingsplatz zu weichen; aber er würde nicht eher zu schimpfen aufhören, bis der Russe die Decke zurückgezogen hätte. Heute hingegen packte Pjotr nur sich ein und schloß sofort darauf die Augen. Aber während Ramupulga — wesentlich später — schon ruhig schlief, war der Russe immer noch wach.

Er hatte nicht viel geschlafen, als am Morgen die Sonne aufging, dennoch fühlte er sich frisch und stark. Sie gingen den nämlichen Pfad zurück, der sie herübergeführt hatte, nur, daß nun natürlich ihr Vorwärtskommen weniger anstrengend war; die am Vortage gebrochene Bahn kam ihnen zustatten. Beide waren auf der Hut, damit nicht wieder ein Tiger oder ein anderes Raubtier, ein Irbis vielleicht oder ein Bär, sich anschleichen könnte. Nur der Wolf zeigte sich sorglos, trabte vor ihnen, schnüffelte hier und dort und schien mit der Umwelt vollauf zufrieden.

Pjotr war nicht sehr glücklich an jenem Morgen. Er wollte bleiben, wünschte sich, noch einmal den großen Hirsch zu sehen. Aber Ramupulga widerstrebte, er behauptete, sie hätten nichts Eßbares mehr bei sich, was richtig war. Als Pjotr ihm darauf lächelnd entgegenhielt, daß sie, wie woanders auch, etwas schießen könnten, schüttelte er energisch den Kopf, gab jedoch keinen Grund an. Vielleicht eines der unzähligen Tabus, dachte Pjotr. Oft und überall war er schon auf diese Tabus gestoßen; nie wird darüber gesprochen; die Tungusen werden verschlossen, sie weigern sich, auf Fragen zu antworten. Sie sagen nie, worum es sich handelt. War das Woltsche-Priwidenije-Tal auch tabu? Vielleicht! Dann hatte er also eines schon gebrochen; vielleicht auch schon mehrere — was wußte er? In solchen Augenblicken wurde er der Fremde. Fremde können manchmal Tabus brechen, ohne daß ihnen etwas geschieht. Das denken zumindest die Tungusen; sie aber dürfen sich nicht daran beteiligen.

Manchmal macht es mich traurig, dachte Pjotr, aber es hat wohl auch Vorteile, wie hier zum Beispiel. Wahrscheinlich hätte ich nie einen Hirsch von solch urwüchsiger Schönheit gesehen, wäre dieser Bergrücken nicht tabu. Das ist die gute Seite eines Tabus; aber nur für mich — der Tunguse fürchtet sich. —

Das Urgehölz war durchquert und die vorgelagerte Hügelkette überschritten. Ramupulga lenkte in Richtung des Lagers ein. Der Weiße blieb stehen. „Ich will das Tal hier weiter hinaufgehen", sagte er, „Wir können vor Sonnenuntergang zurück sein."

Der Tunguse überlegte. „Willst du allein gehen?" fragte er nach einer Weile, „ich möchte zum Lager zurück!"

Pjotr zuckte die Achseln; es war ihm recht. Und so trennten sie sich, Pjotr schritt das Tal hinauf, Ramupulga schlug die

Richtung zum Lager ein.

Langsam ging der Weiße; und sein Wolf trabte neben ihm. Er hatte die Lauscher weit vorgewölbt und schielte seitlich von unten zu dem Mann hinauf.

Der Mann machte sich Gedanken, und er sprach davon zu dem Wolf.

„Siehst du die Blumen dort drüben, mein Bjelui?“ fragte er leise. „Sie sind verwelkt. Ihre Blütenblätter sind vertrocknet, und wenn du oder wenn auch nur der Wind dran streift, dann fallen sie zu Boden. Ihre Stengel sind hart geworden und trocken, und es ist kein Saft mehr in ihnen. Weißt du, was das bedeutet? Sie haben ihren Zweck erfüllt, sie waren schön, sie haben Samen getragen, damit im nächsten Jahr ihresgleichen hier blühen, und nun sterben sie. Mit ihnen stirbt der Sommer, mein Bjelui, und wenn der Sommer stirbt, gehe ich weg.“

Der Weiße sprach's in traurigem Ton, und der Wolf winselte leise. Er wußte, daß es etwas Trauriges war, was ihm der Mann sagte, aber natürlich wußte er nicht, wovon sein Herr redete. Der nickte vor sich hin.

„Ja, mein Bjelui, was geschieht dann mit dir? Da sind Städte im Westen, mußt du wissen, mit großen Häusern und vielen, vielen lärmenden Menschen. Da sind vor allem aber viele Wesen, Menschen und Tiere, die sich vor dir fürchten. Die einen, die wollen dich und deinesgleichen nur im Käfig mit eisernen Stäben sehen. Und die Hunde haben Angst, und sie würden dich hetzen, würden auf Leben und Tod mit dir kämpfen; und die Pferde haben Angst und gehen durch. Du würdest keinen Freund dort haben — außer mir. Willst du mitkommen?“

Und wieder winselte der Wolf leise, als Pjotr eine Pause machte.

„Als wenn du mich verstehen könntest!“ murmelte der Mann.

Er dachte zurück an den Tag, als er im Woltsche-Priwidenije-Tal den Wolf zum erstenmal sah. Er dachte an seinen inneren Kampf damals und seinen festen Entschluß, den Wolf nicht wieder zum Freund des Menschen zu machen. Und er dachte an den Augenblick, da der Wolf ihm das Leben gerettet hatte. Damals handelte er ganz entgegen seiner Natur, und das aus Liebe zu einem Menschen, zu ihm.

„Trotzdem wäre es Wahnsinn, dich mitzunehmen!“ sagte er dann entschieden und beschleunigte seinen Schritt. Aber solche Gedanken lassen sich nicht einfach durch einen Entschluß abtun, und erst recht nicht ein echtes Gefühl. In Pjotrs Herz aber lebte eine tiefe Liebe für das schöne, starke Tier.

„Ob ich vielleicht hierbleiben könnte? Nicht hier direkt, aber in Sobolewsk, oder drüben in Schatskoje an der Lena?“ Er weiß, daß auch das Unsinn ist, daß er nicht zu diesem Leben geschaffen ist, daß er einem Beruf hat, den er hier nicht ausüben kann. Sobolewsk und Schatskoje sind winzige Nester, all die anderen auch. Im Westen würde man sie nicht einmal Dorf nennen. Und in den Städten, in den wenigen, die es hier gibt, da würde es genau so sein, vielleicht schlimmer, denn die Angst vor dem Wolf ist frischer noch und tiefer eingewurzelt. –

Das Tal weitete sich, die Höhenzüge zu beiden Seiten beschrieben je einen Halbkreis nach außen und formten so einen Kessel von eineinhalb Werst im Durchmesser. Die Sohle war eben, von Gras bestanden und nur mit einzelnen Birkengruppen und Gebüschstreifen durchzogen. Hier war Pjotr noch nie gewesen. Eine sehr hohe und wahrscheinlich auch sehr alte Birke wuchs für sich allein, wie es schien, inmitten einer großen Wiese, und auf diese hielt er zu.

Ihre Rinde war fast schwarz und nicht glatt wie bei jungen Birken. Sie war borkig, und tiefe Risse hatten sie durchfurcht wie ein Pflug den Acker. Ihre Äste reckten sich breit nach allen Seiten, nach der Art, die alten Birken manchmal eigen ist, und liefen aus in kleinen, verkümmerten Reisern, unzählig in ihrer Vielfalt, ihrerseits eng ineinander verwachsen. Ihre Blätter vergilbten bereits.

Schon als Pjotr auf den Baum zuging, bemerkte er, daß es nicht nur eine Wiese war, über der die Birke sich erhob. Auf der gegenüberliegenden Seite fiel der Boden ab, wurde steinig, und dort lag ein kleiner See. Sein Wasser war unbewegt und klar, sein Ufer ein Steingürtel, und keine Pflanze, weder Rohr noch Schilf, ragte über den Wasserspiegel empor.

Das Wasser sehen und drauf zulaufen, war für Bjelui eins. Was aber sollte das bedeuten?

Mit einem Ruck blieb das Tier stehen; ein paar Steine lösten sich durch den Anprall und kollerten in das Wasser zu seinen Füßen. Als es aufspritzte, sprang der Wolf entsetzt zurück. Zögernd ging er noch einmal bis zum Rande vor, mit ganz kleinen, vorsichtigen Schritten, reckte schnuppernd den Fang und wandte sich mit allen Anzeichen des Ekels ab. Er schüttelte sich und nieste und sah verständnislos auf den Mann.

Kein Zweifel, da hing ein etwas fauliger Schwefelgeruch in der Luft, den auch Pjotr jetzt bemerkte; außerdem sah er, daß der Pflanzenwuchs in der Nähe dieses Sees dürftig war und gelb: je weiter weg, desto höher und grüner wuchsen die Halme. Das war zweifelsohne ein Mineralquell, der hier zutage trat, und wie der Geruch verriet, enthielt er in irgendwelcher Verbindung Schwefel. Der Gehalt an Salz im Quell mochte gar nicht so groß sein, doch da der Tümpel abflußlos war, verdunstete wohl Feuchtigkeit, die Schwefelstoffe aber blieben, reicherten das nachströmende Wasser an und führten so langsam dazu, die Flora der nahen Umgebung verkümmern zu lassen.

Am Ufer lagen allerlei Gesteine, scharfkantig zum Teil, zum Teil auch schon verwittert. Die meisten waren überzogen von einer gelblichweißen Schicht, die sich aus niedergeschlagenen mineralischen Bestandteilen des Tümpels gebildet hatte. An einem Klumpen aber blitzte es golden.

Schnell bückte sich Pjotr und hob den Brocken auf. Die weißlichgelbe Kruste zerbröckelte unter seinen Fingern, zerfiel zu Staub, und in seiner Hand blieb ein eigroßer Klumpen Gold.

Das Metall in seiner Hand wog schwer, und er ließ es fallen. „Reich, reich, unermeßlich reich!“ tobte es in seinem Hirn, er zitterte, und es war ihm, als schüttelte ihn Fieber. Vor seinen Augen schien jedes der Gesteinstrümmer sich in einem Brokken gleißenden Goldes zu verwandeln, das ihn anstrahlte, sich ihm anbot, nur um den Preis des Aufhebens.

Bunte Phantasiebilder stiegen in ihm auf, ohne daß er im Augenblick die Kraft gehabt hätte, sie zu verscheuchen: Da stehen Schuppen am Rande des Feldes, und ein Förderkran erwächst neben dem Quell. Bagger schieben sich hin und her, reißen mit ihren Raupen tiefe Spuren in die Wiesen und graben ihre eisernen Zähne unerbittlich in das Erdreich. Rufende Menschen laufen herum, mit Pickel und Spaten, fangen zu graben an; sie werfen Erde und Steine auf Loren, die auf notdürftig gelegten Schienen laufen und die erzhaltige Fördermasse zur Wäscherei transportieren. An der Wäscherei steht Pjotr und neben ihm der Wolf; sie beobachten, wie Lore auf Lore verschwindet in den großen Waschtrögen, und im Sieb bleibt glänzend das Gold zurück. Jeder, der vorübergeht, grüßt ehrfürchtig.

Alles gehört ihm: der Förderkran, die Bagger, die Werkzeuge, Baracken, Lebensmittellager, ja, und das ganze Gold.

Da zieht eine Gruppe Leute aus dem Lager. Sie tragen Gewehre. Das sind die Jäger, deren Aufgabe es ist, täglich für frisches Fleisch zu sorgen. Immer weiter müssen sie marschieren, immer weniger bringen sie heim: das Wild verschwindet! Die Tiere fliehen vor den Menschen!

Die Tiere fliehen vor den Menschen? Vor Lärm, Krach und den Kugeln der Gewehre? Nein! Pjotrs Augen öffnen sich. Er schüttelt den Kopf, langsam weicht der Rauch. Vor ihm schwanken die Halme der Wiese leise im Wind, Vögel rufen und es riecht nach Schwefel. Der Tümpel liegt ruhig, sein Wasser ist klar, und ein paar Wolken, die im Blau des Himmels dahinziehen, spiegeln sich darin. Vor ihm sitzt der Wolf; er starrt ihn an, in seinen Augen liegt ein Flackern der Furcht. „Nein, mein Bjelui", sagt der Mann langsam, „das werde ich dir nicht antun!" Er streckt dem Tier die Hände entgegen, und vorsichtig kommt der Wolf heran, schaut prüfend auf den Mann. Das Fremde, Unheimliche, das eben noch von ihm ausströmte, ist verschwunden. Mit einem Schnaufer legt Bjelui seinen Kopf in die dargebotenen Hände und läßt sich kraulen; leise brummt er dazu.

Als der Weiße aufsteht, fällt sein Blick auf den Goldklumpen zu seinen Füßen. Er hebt ihn auf und wiegt ihn in der Hand; ein schönes Gewicht! Einen Augenblick überlegt Pjotr, ob er ihn in den Schwefelsee werfen solle, aber er fühlt sich der Versuchung gewachsen. „Ich werde ihn mitnehmen", sagt er klar und deutlich zu sich selbst. Dann verbirgt er das Stück Erz sorgfältig zuunterst in seinem Rucksack.

14. Kapitel

Auf halber Hangeshöhe stand Pjotr und überblickte das Tal. Er hatte die Jacke bis oben zugeknöpft, fröstelnd steckte er seine Hände in die Hosentaschen. Es war Kälte, die ihn an jenem Morgen so früh geweckt hatte; der Tunguse schlief noch, ihm machte sie nichts aus. Der Russe aber erhob sich steif und reckte die Arme. Bei seiner ersten Bewegung war Bjelui erwacht, verstrubbelt saß er da, gähnte, und seine Lichter waren zu Schlitzen zusammengekniffen vor Müdigkeit. Als Pjotr sich jedoch streckte und zum Quell hinüberging, begann auch der Wolf seine Morgentoilette. Zuerst gähnte er noch ein paarmal, dann schüttelte er sich so kräftig, daß jedes Haar im Pelz wieder seinen rechten Platz fand, und fing an, mit Hingabe seine langen Läufe zu bürsten. Das ging sorgsam in genauer Reihenfolge, zuerst links, dann die Brustpartie, soweit sie erreichbar war; es folgte der rechte Lauf und sodann alle übrigen Teile des Körpers.

Mittlerweile wurde Pjotr fertig; das Quellwasser hatte ihn erfrischt, auch wenn die Kälte ihm heute bis ins Mark gedrungen war. Leise rief er Bjeluis Namen; sofort unterbrach der Wolf seine Tätigkeit und lief hinüber.

Anschließend waren die beiden den Hang hinaufgestiegen. Die Sonne hatte die gegenüberliegende Bergkette noch nicht überklettert, ihre Strahlen jedoch durchzogen schon das ganze Firmament und ließen es in seiner unermeßlichen Weite erglühen. Hoch droben schwebte ein Adler.

Der Tunguse briet Fleisch ab und verstaute es in Pergamentbeuteln. Die Rucksäcke wurden so gepackt, daß einer die Hauptlast erhielt, während der zweite fast leer blieb. Sie wollten sich abwechseln, und wer den leichten Rucksack erhielt, mußte außerdem das Tigerfell schleppen.

Die Rucksäcke hatte Pjotr gepackt, und er wußte es dabei so einzurichten, daß Ramupulga den Goldklumpen nicht zu sehen bekam. Die Tungusen wissen viele Plätze, wo Gold zu finden ist, aber sie halten sie streng geheim. Sie hassen die geheime Zauberkraft des Metalls und sind voll Mißtrauen gegen alle, die es suchen. Ihnen selbst, die sie noch nach alter Stammessitte leben, ist es ohne Wert. Der Mann aber, der es begehrt, zerstört ihnen den Frieden der Taiga, vernichtet ihre Heimat. Ist es da ein Wunder, daß der Tunguse das gelbe Metall haßt? —

Zum letzten Male hatten die beiden ihr Essen an dem Lagerplatz bereitet, der ihnen nun schon für mehrere Wochen Heimat geworden war. Jetzt löschte der Tunguse das Feuer, streute feuchte Erde über die noch heiße Stelle und trat diese sorgsam fest. Der Russe stand dabei, hatte die Hände in den Taschen und schaute stumm zu. Dann schulterten sie ihre Lasten, hängten die Gewehre um, und ohne ein Wort, ohne einen Blick zurück, zogen sie los. Die Marschrichtung war Süd-West, ihr endgültiges Ziel jenseits des Stanowoi-Gebirges das Dorf Rucklowo, wo die Transsibirische Eisenbahn eine kleine Station unterhielt.

Ohne besondere Ereignisse waren die ersten Marschtage. Der Russe strebte vorwärts, als würde nur Eile seinen Entschluß zum Aufbruch rechtfertigen. Er hatte in seinem Innern der Taiga „Lebewohl" gesagt und wollte nun den Abschied nicht unnütz verlängern. Sein Wolf folgte ihm ohne das geringste Zaudern; er hatte sein Tal, seine Heimat verlassen, hatte den Weißen zu seiner Heimat gemacht. Das übrige schien ihm gleichgültig zu sein. Wird er ihm auch in die Zivilisation folgen können? Das war eine Frage, die den Mann häufig beschäftigte, aber er versuchte, ihre Beantwortung hinauszuschieben. Er war in einer Stimmung wehmütigen Abschiednehmens und daher bemüht, jeden Tag mit verdoppelter Dankbarkeit in sich aufzunehmen. So spürte er auch kaum die Belastungen des Marsches. Das Land war größtenteils offen, steppenartig, und sie kamen gut voran. Zu ihrer Linken zogen sich die Ausläufer des Stanowoi-Gebirges hin. Wie viele Tage noch, und es wird Zeit sein, diese Grenze zwischen Taiga und Zivilisation zu übersteigen? –

Die Nächte wurden merklich kälter, und auch tagsüber verlor die Sonne an Kraft. Spät erschien sie über dem Horizont, und früh verschwand sie wieder. Am vierten Tag bekamen die Männer sie überhaupt nicht zu sehen. Eine graue Wolkendecke war auf geringe Höhe abgesunken, und ununterbrochen fiel kalter, feiner Strichregen. Das blieb auch am fünften Tag so. Sie übernachteten jedoch leidlich trocken in einer Hütte aus Laubzweigen, die der geschickte Tunguse in wenigen Augenblicken errichtet hatte. Ein paar kräftige Stangen bildeten das Gestell, sie sammelten Äste mit möglichst vielen großen Blättern, von denen sie die Regentropfen abschüttelten; eine dichte Schicht dieser Zweige, sorgfältig ineinandergesteckt, bildete das Dach. Am sechsten Tag gegen Morgen begann die Wolkendecke sich langsam zu heben.

Noch am gleichen Morgen verließen sie die Ebene. Zwei Hügelketten bildeten eine weitgespannte Gabel und verliefen in immer sanfter werdenden Bodenwellen in der Steppe. Genau gen Süden aber stiegen sie an, wurden höher, breiter, wuchtiger und führten hin zum zackigen Felsmassiv des Stanowois. Zwischen diese beiden Ausläufer lenkten die Männer ihre Schritte.

Gegen Mittag wurden aus den Hügeln Berge, die immer näher zusammentraten und dem Tal schon beinahe das Ansehen einer Schlucht gaben. Die Hänge waren von düsteren Tannen bestanden, deren Dunkel von vereinzelt eingestreuten Laubbäumen nur unterstrichen wurde. Ein Bach eilte rauschend in seinem steinigen Bett dahin; es war ein breiter Bach, und er schäumte gegen die Felstrümmer, die in seinem Bett lagen.

Am späten Nachmittag war der Himmel freigefegt, und die Sonne schickte ihre Strahlen in das Tal. Der Weg wurde beschwerlich. Ein Bergrutsch vor vielen Jahren hatte eine große Anzahl Abbruchstücke über die Talsohle verstreut, die dieser zwar ein wildromantisches Ansehen gaben, die Männer aber zu andauernden Umwegen zwangen. Da war es gut, daß die Sonne wärmte und nach den grauen Regentagen dazu beitrug, die Mühen geringer erscheinen zu lassen. Denn auch das Gepäck hatte sich mit Feuchtigkeit vollgesogen, und das Tigerfell schien noch einmal so schwer geworden zu sein.

Plötzlich sah sich der Tunguse nach Pjotr um. „Du wirst heute ein letztes Wunder der Taiga sehen“, sagte er, „das donnernde Wasser.“

Und wirklich, wenn er genau darauf achtete, drang da ein Rauschen an Pjotrs Ohr, das einem fernen Donnern vergleichbar war. Mit jedem Schritt, den sie zurücklegten, wurde das Rauschen besser hörbar, und schon nach einer halben Stunde hing es wie ein tiefer Orgelton in der Luft. Auf Fragen antwortete der Tunguse nicht, er lächelte nur: „Du wirst sehen.“

Pjotr vergaß alle Müdigkeit, die Last wurde ihm leicht. Eine tiefe Erregung hatte ihn ergriffen, die von dem Brausen ausging, das die Luft nun vollkommen erfüllte. Er hastete vorwärts, und vor ihm lief sein Wolf, stürmte in wilden Sprüngen voran. Das Brausen war zum Toben geworden. Es war, als ob die Natur in ihrer Wildheit hier Mensch und Tier wie mit magnetischen Kräften vorwärtsrisse.

Und da war das Tal zu Ende. Eine hohe Steinmauer schloß

es ab von Berg zu Berg. Diese Mauer mochte achtzig Meter hoch sein; sie gliederte sich in zwei Stufen. Und über diese Mauer stürzte der Bach herab.

Vor Pjotrs Augen war eine zuckende, weiße Wand gischtenden Wassers, seine Ohren waren erfüllt vom brüllenden Donner des Elements. Zwischen den Felsen zu seinen Füßen hatte es sich einen tiefen Kessel ausgehöhlt, in dem es brodelte und schäumte. In zwei mächtigen Sprüngen jagte das Wasser herab, und seine Gewalt schleuderte meterhohe Schaumgebilde von neuem empor, die, in sich zusammenstürzend, abermals hinaufgeworfen wurden — ununterbrochen — bis sie der Wind als feiner, silberner Wasserstaub davontrug.

Der rotglühende Sonnenball sank im Westen, seine letzten Strahlen lagen auf dem Wasser. Da kam die großartige Verwandlung. Die lichten Wolken unzähliger Wassertropfen, die losgelöst über der jagenden Masse schwebten, wurden zuerst erfaßt. Ein Schimmer von zartem Rosa senkte sich über die ungebändigte Wildheit, milderte sie für Sekunden. Dann aber sprühte die Gischt wie hellrotes Blut, das aus frischer Wunde schießt, wurde dunkler mit jedem Atemzug, und einen Augenblick noch schimmerten die Wasser gleich einem Purpurmantel, der von blitzenden Steinen übersät war; mit einem Schlag aber war das Farbenspiel vorüber. Die Sonne war gesunken, das Tal düster; die Wasser waren weiß, zerrissen donnerten sie herab und erfüllten die Schlucht mit dem Brausen der entfesselten Natur.

Auf einer Felsplatte stand noch immer der Mann. Es wurde ihm schwer, den Bann abzuschütteln, in den ihn dieses Schauspiel geschlagen hatte. Ein paar Schritte von ihm entfernt, zusammengekauert und geduckt, lag sein Wolf. Er zitterte und — Pjotr sah es, denn hören konnte er nichts — er winselte.

Sie umgingen noch am selben Abend den Fall auf einem Pfad, den der Tunguse kannte, und als das Brausen nur noch wie leise, ferne Orgelmusik zu ihnen herüberdrang, schlugen sie das Lager auf. Es wurde bitter kalt auf dieser Höhe, und Pjotr war froh, daß Ramupulga in weiser Voraussicht einen großen Vorrat Holz gesammelt hatte. Die ganze Nacht über hielten sie das Feuer im Gange und schliefen kaum. Es war die erste Frostnacht; am Morgen bedeckte Rauhreif den Boden. Die Männer waren früh auf und bald wieder unterwegs. Ihre Marschrichtung folgte nunmehr dem Bergrücken, und sie benutzten einen Wildwechsel, der dicht unterhalb des Grates dahinführte. Das Gehen machte warm, ließ das Blut schneller durch die Adern strömen, und bald waren beide wieder zufrieden und guter Dinge. Dem Wolf freilich hatte diese Nacht gar nichts ausgemacht, er war munter und aufmerksam wie stets. Es schien im Gegenteil der Reif ein Menge Gerüche auf dem Boden festgehalten zu haben, denn Bjeluis Nase war unausgesetzt in Tätigkeit, er lief kreuz und quer, verfolgte spielerisch Spuren und war manchmal ein gutes Stück voraus.

Als aber die Männer nichtsahnend auf eine Lichtung traten, bot sich ihnen ein ganz und gar nicht friedliches Bild. Da stand Bjelui mit dem Rücken zu ihnen; sein Kamm war gesträubt, in seiner geduckten Haltung lag lauernde Angriffsbereitschaft, und ein heiseres, wutgeladenes Knurren drang aus seiner Kehle.

Ihm gegenüber, wohl acht Schritte entfernt, kauerte auf einem geschlagenen Reh ein Irbis. Die Leopardenkatze bleckte das Gebiß, fauchte wütend, und der gefleckte Leib ballte sich sprungbereit zusammen. Aus ihren großen, schimmernden Lichtern blitzte kalt berechnende Wildheit. Die kleinen Ohren waren zurückgelegt und verschwanden fast vollständig in dem wolligen Pelz.

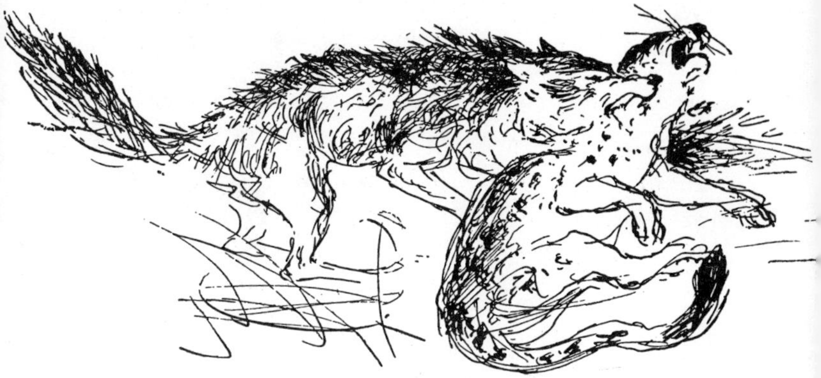

Pjotr erschrak; er war weit davon entfernt, die Lage sofort zu verstehen, aber eines wußte er: ein Wolf war einem gesunden Irbis niemals gewachsen! Befehlend stieß er hervor: „Bjelui, hierher!"

Im selben Augenblick sprang der Wolf. Der Irbis federte hoch, und im Sprung trafen sich die beiden. Was sollte es helfen, daß die Männer ihre Lasten abwarfen und die Gewehre an die Schulter rissen, daß Pjotr erneut den Wolf scharf zu sich rief? Ein Knäuel wild schlagender Pranken und blitzend zuschnappender Gebisse waren die Tiere, fauchend und knurrend. Jetzt war die gelbe Katze oben, im nächsten Augenblick stemmte sie der Wolf zu Boden. Doch auch er konnnte die Oberhand nur für Sekunden behalten, schon hatte sein Gegner sich gedreht, und beide Tiere wälzten sich wieder, bewegten sich blitzschnell um die eigene Achse, jede Blöße auszunützen. Der Kampf währte erst Sekunden, aber beide bluteten bereits aus mehreren Wunden. Ein Prankenhieb des Irbisses hatte Bjeluis rechtes Schulterblatt zerfetzt, während dieser seinem Gegner mit einem Ruck eine klaffende

Wunde in die Flanke riß. Es war ein Ringen zügelloser Wildheit, geführt von Tieren, denen Kampf um die tägliche Existenz die wahre Natur ist: ohne Rücksicht und Ritterlichkeit.

Ganz plötzlich springt der Irbis zurück. Er duckt sich zusammen, will in neuem Angriff eine bessere Position gewinnen. Aber da greift der Mensch ein. Der Schuß kommt von Ramupulga; er fehlt um keinen Milimeter, trifft genau dort, wo er sitzen muß; flach von vorn durch Auge ins Gehirn. Den Irbis reißt es hoch. Er überschlägt sich in der Luft, dann bleibt er bewegungslos liegen.

Der Wolf stürzt sich auf seinen toten Gegner; er packte dessen Kehle und zerrt und reißt. Er ist besinnungslos vor Wut.

Töten ist das Ziel jeden Kampfes, oder getötet werden sein Ende. Eine dritte Möglichkeit kennt der Wolfsinstinkt nicht, mit der Hilfe anderer hat er nie zu rechnen; für ihn dauert der Kampf noch an, und er endet erst, wenn er den Irbis selbst getötet hat. Das tut er, indem er heiser grollend an dessen Kehle reißt.

Endlich gibt sich auch das Raubtier zufrieden. Der Irbis ist nun tot, wirklich tot, und der Sieger geht ein paar Schritt abseits, läßt sich ins Gras fallen und ringt nach Atem. Keinen Blick hat er mehr für seinen erledigten Gegner, aber er ist sich auch nicht bewußt, daß zwei Menschen ihn beobachten. In diesen Augenblicken ist der Wolf für sich allein, und er schaut in eine Ferne, die nur er kennt. Nach geraumer Zeit erst fängt er an, seine Wunden zu lecken.

Pjotr hatte sich stumm hingesetzt und auch dem Tungusen ein Zeichen gegeben, seinem Beispiel zu folgen. So warteten sie. Bjelui war mit den Wunden beschäftigt, die ihm der Irbis geschlagen hatte, doch außer jener am Schulterblatt schienen sie nicht gefährlich zu sein. Langsam schwand bei Mensch und Tier die Spannung, die der Kampf hervorgerufen hatte. Bjelui blickte auf, seine Augen suchten Pjotr, und ein hingebendes, dankbares Leuchten war in ihnen. Da hielt Pjotr den Augenblick für geeignet; aus der Steitentasche seines Rucksacks holte er Verbandstoff und Wundbesteck und ging damit hinüber zu dem Wolf. Neben ihn hockte er sich, sprach leise, beruhigende Worte zu dem Tier und schickte sich an, die Wunde zu untersuchen. Bjelui verhielt sich vollkommen still, nicht einmal zuckte er bei der schmerzhaften Behandlung. Und ergeben ertrug er den Schmerz, als Pjotr die gezackten Ränder reinigte, Wundpuder darüberstäubte und zu nähen begann. Vierzehn Stiche benötigte er für den großen Riß, sechs für eine Wunde an der Brust.

Nach kurzer Beratung entschlossen sich die Männer, den Kadaver des Irbisses liegen zu lassen, wo er gefallen war. Seine Decke zusätzlich zu dem Tiegerfell mitzuschleppen, wäre äußerst beschwerlich gewesen. Außerdem wollte keiner der beiden die Trophäe haben. Im Hinblick auf Bjelui zweifelte Pjotr zuerst, daß sie ihren Marsch fortsetzen könnten, doch schnell beruhigte ihn der Wolf. er lahmte zwar, schonte den wehen Vorderlauf, aber er folgte bereitwillig.

Er lief neben seinem Herrn her, und von Zeit zu Zeit suchte die feuchte Nase dessen Hand. Eine kurze, kaum merkliche Berührung war das nur, ein Zeichen der Zugehörigkeit, vielleicht auch der Verehrung. Nach und nach begriff Pjotr, was geschehen war:

Sie waren weiter dem Wildwechsel gefolgt, der sie zu jener Lichtung geführt hatte. Der Wolf war vorausgelaufen, plötzlich stand er vor einem Feind. Wäre Bjelui nun allein gewesen, steifbeinig hätte er einen Bogen um den Irbis geschlagen, der fauchend den Wolf gewarnt haben würde, Abstand zu wahren, was Bjelui seinerseits durch Grollen erwidert hätte. Dann wären beide Tiere auseinandergegangen, der Wolf hätte seinen Weg fortgesetzt, der Irbis weiter seinen Hunger gestillt. Aber der Wolf war nicht allein.

Da folgte der Mensch, dem seine ganze Liebe und Zuneigung gehörte. Diesem Menschen drohte Gefahr. Und so stellte sich der Wolf; deshalb wartete er. Als er die Menschen hinter sich hörte, wuchs sein warnendes Grollen zur Drohung. Das verstand der Irbis nicht, außerdem hatte er Beute zu verteidigen; die Drohung war Herausforderung für ihn, er duckte sich sprungbereit und bleckte die elfenbeinernen Dolche. Den Ausschlag aber gab die Menschenstimme.

So, wie Pjotr die Vorgänge in Bjeluis Gehirn jetzt begriff, konnte sein Befehl dem Wolf nur eines bedeuten: „Greif an, pack zu!" auch wenn dieser Befehl der Sprache nach einen ganz anderen Sinn gehabt hatte. Aber die Menschenworte konnte der Wolf ja nicht verstehen! Und Pjotr sah, daß er selbst an dem Kampf schuldig war. Hätte er getan, was Bjelui getan haben würde, wenn er allein gewesen wäre, nämlich: den Irbis vorsichtig umgangen, so wäre alles friedvoll abgelaufen. Der Wolf würde gewartet haben, bis sein Herr für seine Begriffe in Sicherheit gewesen, und wäre dann still gefolgt. Doch Pjotr verlor sich jetzt nicht in Selbstbeschuldigungen, denn diese Vorgänge im Tiergehirn lassen sich nun wohl rekonstruieren, vorausdenken aber wird sie ein Mensch — besonders in der Schrecksekunde — wohl kaum können. Es war ein Mißverständnis zwischen zwei Lebenskreisen, dachte er, dem tierischen und dem menschlichen. Es ist gut ausgegangen, und ich will es mir merken.

Zu dem Tungusen aber sagte er und legte ihm dabei die Hand auf die Schulter: „Das war ein ausgezeichneter Schuß, Ramupulga, ein selten ausgezeichneter Schuß."

Der Tunguse nickte gleichmütig. „Wir wollen die Lasten wechseln“, versetzte er, „du hast das Tigerfell jetzt lange genug geschleppt.“ –

Zwei Tage später gegen Mittag hatten sie den 970 Meter hohen Paß der Stanowoikette erreicht. Das letzte Stück ihres Weges bildete eine steil aufwärtsführende Schlucht, die zur Zeit der Schneeschmelze das Bett eines Wildbaches sein mochte. Sie war angefüllt mit Geröll, auf ihrer Sohle bar jeden Pflanzenwuchses, und die Männer mußten alle paar Schritt große, rundgeschliffene Felsblöcke überklettern, die zwischen den steilen Wänden eingeklemmt lagen. Besonders dieses Stück war für den Wolf recht beschwerlich. Seine Wunden verheilten zwar – und das zu Pjotrs Erstaunen – ohne nennenswerte Entzündung oder Eiterbildung. Der Russe wußte so gut wie jeder, wie gefährlich ein Raubtierbiß ist, der kerngesunde Köper Bjeluis aber mußte wohl über ausreichend Abwehrstoffe verfügen: die Wunden blieben ein wenig geschwollen unter dem Schorf, jedoch trocken und vollkommen geschlossen. Daß sie bei der Kletterei hinderlich waren und schmerzten und Bjelui dadurch langsamer vorankam, war sehließlich kein Wunder.

Auf der Paßhöhe blies ein eisiger Wind, und die Männer waren froh, sie hinter sich lassen zu können. Pjotr sandte noch einen langen Blick in das Land, in dem allein er zu leben wünschte und das nun tief unter ihm lag. Die Sicht war klar, und weit in der Ferne grüßten Bergspitzen, zu deren Füßen das Woltsche-Priwidenije-Tal lag. Pjotr atmete ein paarmal tief, dann wandte er sich ab. Für ihn war es gut, daß sie bis zu dem 300 Meter tiefer gelegenen Grat hart arbeiten mußten, um den Abstieg zu bewältigen. So hatte er keine Zeit, traurigen Gedanken nachzuhängen. Die Wand fiel steil ab, und ihnen blieb nur ein schmaler Pfad, auf dem sie sich abwärts tasten konnten, was mit den Lasten an mancher schmalen Stelle sehr schwierig war. Viermal mußten sie das Tigerfell zurücklassen, um erst die Rucksäcke und Gewehre auf sicheren Boden zu bringen. Dann kletterten sie zurück und holten das unförmige, schwere Paket.

Sie erreichten den Grat rechtzeitig, um noch vor Dunkelheit ein Lager aufschlagen und Holz sammeln zu können. Als später das Feuer brannte und sie von dem mitgeführten Vorrat gegessen hatten, wurde der Russe schweigsam. Er schlang die Arme um seinen Wolf, zog das Tier dicht zu sich heran und starrte in die Glut.

Wir haben noch 120 Werst bis Rucklowo, und wir werden dazu wohl eine Woche brauchen. Aber das ist keine Taiga mehr, das ist Land der Menschen. Taiga ist Land der Tiere, ist Wald, so wie er wächst und fällt. Und was werde ich mir mitnehmen können für die Tage des Alters, wenn die Erinnerung die Bilder verschwimmen läßt? Ein Tigerfell, einen Goldklumpen und einen —

Einen Wolf? fragte sich der Russe. Einen Wolf! bestätigte er sich und drückte Bjelui so fest an sich, daß das Tier vor Schmerz in seiner Schulter leise winselte. Aber als Pjotr es erschrocken freigab, fuhr ihm nur die rauhe Wolfszunge schnell ein-, zweinmal übers Gesicht, dicht an ihn geschmiegt blieb Bjelui. Da suchte sich die Menschenhand wieder ihren Platz in dem zottigen Fell, und weiter liefen die Gedanken: Du mußt entschuldigen, Bjelui, ich hab im Augenblick nicht dran gedacht. Ich war weit, weit weg — in der Zukunft nämlich. In einer Zukunft, die ich mir sehr schön vorstellen kann mit dir, mein Bjelui. Du bist doch ein kluges Tier, du zahmer Wildling, und du wirst damit schon fertig werden: mit fremden Menschen, Eisenbahnen, Krach, Lärm und alledem, du hast ja mich. Und ich habe ein Haus mit einem schönen großen

Garten, der soll dir ganz allein gehören. Die Vögel, die in den Hecken ihre Nester haben, die wirst du nicht stören. Und wenn Katzen angestreunt kommen, darfst du sie ruhig über den Zaun jagen. Nur mußt du lernen, am Zaun haltzumachen. Du mußt überhaupt sehr viel lernen, aber ich hab Vertrauen zu dir, und du hast ja mich, der für dich einsteht.

Leise grollte der Wolf sein schläfriges, behagliches Grollen, ließ sich zu Boden fallen und legte den Kopf auf die ausgestreckten Vorderläufe. Seine Lichter wurden zu Schlitzen, und bald war er unter der kraulenden Hand eingeschlafen. Der Russe saß noch ein Weilchen, grübelte vor sich hin in den Schein der Glut, derweil der Nachtwind rauschend durch die Tannen fuhr. Als auch er sich endlich zurücklegte, um zu schlafen, war ihm leicht zumute: er hatte eine Entscheidung getroffen und einen Kameraden gefunden, für viele Jahre ein Stück Taiga.

15. Kapitel

Drei Tagesmärsche vergingen, bis die drei die ersten Menschen sahen. Längst hatten sie Waldungen und Berge hinter sich gelassen, und anderthalb Tage schon zogen sie durch Steppenland. Vertrocknetes, berkümmertes Gras und einzelne kleinblättrige Büsche bildeten die Vegetation auf sandigem, teilweise auch kiesigem Boden. Es gab Hasen in großer Anzahl, alle Augenblicke flitzte hakenschlagend einer davon, doch sie kannten den Menschen und waren scheu. Zweimal sah Pjotr einen Fuchs, und des öfteren flogen ganze Krähenschwärme über sie hinweg. Großwild aber trafen sie keines mehr.

An jenem Nachmittag nun trieben bleigraue Wolken

herauf, die eigentlich keine Ränder hatten: sie waren fein ausgezogen, immer feiner, bis sie in der umgebenden Luft einfach unsichtbar wurden. Dazu strich geradenwegs von Ost ein eisigkalter Wind über die Ebene, der den Männern das Atmen schwer machte. Ein paarmal zog hoch zwischen den Wolken ein Flug Ringelgänse über sie hinweg, stumm, eilig, in südöstlicher Richtung. Der Tunguse schaute ihnen nach, und voll Unruhe musterte er den Horizont.

„Wir werden einen Schneesturm haben, bevor es Abend wird!“ warnte er. „Das ist schlimm hier auf der offenen Steppe ohne Zelt.“

Pjotr nickte nur. „Aber wir werden nicht viel mehr tun können, als ihn über uns ergehen zu lassen!“

Ein Glücksumstand kam ihnen zu Hilfe und bewahrte sie vor einem kalten, unwirtlichen Lager. Ramupulgas scharfe Augen entdeckten es zuerst. „Schau, dort vorn, eine Renherde!“ rief er froh. „Da müssen Hirten in der Nähe sein, jetzt läßt keiner mehr die Tiere allein. Schneller, wir wollen sie suchen, solange wir noch sehen können!“

Fast im selben Augenblick, als das Schneetreiben einsetzte, erreichten sie die Jurten. Der Tunguse blieb stehen und packte Pjotr beim Arm. Dann rief er laut ein paar Worte in seiner Sprache. Einige Sekunden vergingen, bis die Felle am Eingang der größten Jurte zurückgeschlagen wurden. Heraus trat ein untersetzter Mann mittlerer Jahre; er hatte eine lederne, weite Hose an und trug unter der ebenfalls ledernen Jacke ein dunkelblaues offenes Hemd. Einen Augenblick nur musterte er die beiden, drauf wandte er sich, auch auf Tungusisch, an Tamupulga. Ein kurzer, freundlicher Wortwechsel, und der Mann schlug abermals die Felle zurück, hielt sie offen und bat mit einer Handbewegung einzutreten.

„Und der Wolf?“ warf Pjotr fragend ein. Da sah er, daß

Bjelui verschwunden war. Das wunderte ihn, und er rief den Wolf beim Namen: Bjelui aber kam nicht.

Pjotr wartete, rief und lockte. Er schickte den Tungusen in die Jurte und ging selbst ein Stück des Weges zurück: vergeblich! Einmal glaubte er in einem vorbeiwischenden Schatten den Wolf erkannt zu haben, doch konnten es auch Schneeflocken gewesen sein, die der Wind dicht vor sich hertrieb: zu dunkel war es, etwas wirklich zu sehen.

Traurig ging der Russe zur Jurte.

Über einem kleinen Holzkohlenbecken summte der Teekessel, und eine große Holzplatte voll gebratenen Fleisches stand einladend bereit. Ramupulga war allein; mit der diesem Volk eigenen, zurückhaltenden Höflichkeit hatte man die Fremden sich selbst überlassen. Hinter der quer durch die Jurte gezogenen Trennwand aus Fellen hörte Pjotr die Jurtenbewohner leise sprechen. Er aß ohne Freude, bemerkte nur flüchtig, daß die Teeschalen aus feinem Porzellan waren, und Ramupulgas Erklärung, ihre Gastgeber seien Jakuten, verebbte ungehört an seinem Ohr.

„Kurz vor der Jurte war er doch noch da!“ sagte er plötzlich voll Heftigkeit.

Der Tunguse lächelte. „Fürchtest du um den Wolf? Er wird die Nähe der fremden Menschen unbehaglich gefunden haben! Morgen, wenn wir weiterziehen, ist er wieder bei uns.“

Der Morgen kam und zeigte die Landschaft vollständig verwandelt; eine wohl zehn Zentimeter hohe Schneedecke bedeckte den Boden; der Wind hatte sich gelegt, und die Sonne war bemüht, die Erde noch einmal von ihrem weißen, kalten Mantel zu befreien. Als der Russe und Ramupulga aufbrachen, gaben ihnen die Jakuten, der Sitte gemäß, Weggeleit. Sie waren guter Dinge und hielten eine fröhliche Unterhaltung über Jagd und Wanderschaft im Gange, die aus

Höflichkeit Pjotr gegenüber russisch geführt wurde, an der er sich jedoch kaum beteiligte. Nach einer Stunde ungefähr verabschiedeten sich ihre Begleiter, und schweigend setzten die beiden ihren Marsch fort: von Bjelui keine Spur.

Nun bist du also doch von mir gegangen, dachte Pjotr, hast kehrtgemacht, als wir zu den Menschen kamen. Es muß halt jeder dahin, wo er hingehört, und du bist jetzt schon viele Werst weit fort, zurück zu deinem Tal. Hast recht, mein Bjelui, auch wenn's ein wenig schwer wird.

Aber Pjotr war es weh ums Herz, am liebsten wäre er umgekehrt und hätte nach seinem Wolf gesucht. Er hatte das Tier zu liebgewonnen, hatte sich zu mühsam zu seinem Entschluß durchgerungen, es mit nach dem Westen zu nehmen, als daß er leichten Herzens zu einem Verzicht bereit gewesen wäre. Gleichzeitig sah er die Aussichtslosigkeit eines Versuches ein, den Wolf aufspüren zu wollen.

Da lachte der Tunguse plötzlich und stieß den in seine Gedanken versunkenen Pjotr an. Vor ihnen, so zwanzig Schritt entfernt und ein wenig seitlich zu ihrer Marschroute, saß der Wolf. Unverwandt schaute er herüber, und als er sich entdeckt sah, brach ein Winseln der Erregung und Freude aus seiner Kehle. Gleich einem Hund, der ein schlechtes Gewissen hat, rührte er sich nicht vom Fleck. Der Russe aber hätte jubeln können vor Freude. „Bjelui!" rief er, und als der Wolf dann kam, nahm er den kantigen Schädel zwischen beide Hände und drückte ihn fest an sich. –

Während der folgenden Marschtage, die beschwerlich waren und neue Schneefälle brachten, grübelte Pjotr viele Male über dieses Ereignis nach. Er wußte, daß eine Entscheidung bevorstand, die nicht er allein zu treffen hatte. Ein Wolf war kein Hund, ein Tier, das sich einem Menschen aus freien Stücken angeschlossen hatte, nicht dessen Sklave. Und in der

Nacht vor ihrem Ziel, die sie bei einem aus Holzmangel winzig kleinen, mühsam entfachten Feuer zubringen mußten, entschloß er sich, dem Wolf auf Menschenart ein wenig zu helfen.

Als sie sich der Ortschaft Rucklowo näherten, entnahm Pjotr seinem Rucksack ein paar Lederiemen, aus denen er eine notdürftige Leine knotete, und diese legte er dem Wolf an. Bjelui widerstrebte nicht; er folgte willig dem Zug des Riemens, aber er schlich bedrückt einher, und als sie fremden Menschen begegneten, da versteckte er sich hinter Pjotr.

Der Gasthof war das erste Gebäude, das Bjelui in seinem Leben betrat, Pjotrs Zimmer der erste Raum, in dem er allein gelassen wurde. In wenigen Stunden, so sagte man ihnen, mußte der Transsibirische Expreß eintreffen, und für den Russen galt es, eiligst die unumgänglichen Vorbereitungen zu treffen, ohne die ein aus der Wildnis Kommender nicht zurück kann in die Zivilistation. Der Barbier des Ortes sollte sein Haar richten, derweil von der Station sein Koffer, der dort hinterstellt war, in das Gasthaus geschafft wurde. Schon einmal bis hierher gelangt, wünschte er keine Zeit mehr zu verlieren. Und da der nächste durchgehende Zug nicht vor Ablauf von zwei Wochen zu erwarten und nicht abzusehen war, wie viele Tage Verspätung er bei den einsetzenden Schneefällen haben würde, mußte Pjotr das verschüchterte, ruhelose Tier sich selbst überlassen; für eine halbe, für eine Stunde, so tröstete er sich.

Als Pjotr sein Zimmer wieder betritt, da ist die Tür offen, und der Raum ist leer. Ein zerbissener Riemen liegt neben dem Bettpfosten, an den er den Wolf gebunden hatte. Einen Augenblick bleibt er betroffen stehen, dann setzt er sich still auf das Bett und stützt den Kopf in beide Hände.

„So hat es also nichts geholfen, mein Wolf“, murmelt er

leise vor sich hin, „daß du zurückgekommen bist und daß ich dich anbinden wollte. Und mein Entschluß – der war falsch. In deiner Taiga, ja, da waren wir Freunde, denn wir beide lieben sie. Unter den Menschen aber bist du ein Gefangener, und Gefangene können nicht mehr Freunde sein." –

„Aber so wollen wir nicht scheiden!" sagt er dann laut und geht hinaus. Der Tunguse sieht ihn, als er die niedere, dunkle Gaststube durchmißt, und will ihn begleiten. Doch Pjotr wehrt ab. Draußen hat das Schneetreiben wieder eingesetzt, und dicht fallen die Flocken. Unbeirrbar geht der Mann, den Kopf tief gesenkt und die Hände in den Taschen vergraben, den gleichen Weg zurück, den sie vor kurzem gekommen sind. Und wenige hundert Meter vom Ortseingang entfernt wartet der Wolf.

Der Mann kniet nieder und löst den Knoten von dem Stück Riemen, das noch um Bjeluis Hals baumelt. Er streicht über die weiße Mähne, krault die Ohren, die sich unter seiner Hand zurücklegen.

„Nun ist's aus, Bjelui", spricht er sanft zu dem Tier und schaut ihm dabei fest in die grünen Lichter. „ Groll noch einmal, diesmal ein Lebewohl, und geh wieder in dein Tal, lauf nie mehr einem Menschen nach! Hab Dank, du warst ein treuer, guter Freund!"

Jetzt steht der Mann auf. „Geh zu, Bjelui", sagt er und gibt ihm einen Klaps, „lauf und trauere nicht, daß dein Pjotr gehen muß! Sei zu klug dazu, sei klüger als ich Mensch mit meinem dummen Herzen!"

Und nun wendet sich der Mann und geht. Ein paar Schritte trabt der Wolf neben ihm, dann bleibt er stehen. Und während Pjotr schneller und schneller ausschreitet, zuletzt beinahe läuft, hört er hinter sich aus dem Schneetreiben in wehzerrissener Klage das Heulen des einsamen Wolfes.